A STORMY SPELL - EDIZIONE ITALIANA

THIS GOOD WITCH MYSTERY SERIES

LUCY MAY

SENZA TITOLO

Il mondo è pieno di cose magiche, che pazientemente aspettano che i nostri sensi si acuiscano. - W.B. Yeats

CAPITOLO UNO

JULIETTE GOOD

«Ahi!» esclamai, scuotendo la mano in fretta per alleviare la sensazione di bruciore alle dita.

Erano anni, da quando ero un'adolescente per la precisione, che non avevo più avuto problemi a gestire un incantesimo elettrico. Abbassando lo sguardo sulla mano, vidi che i polpastrelli erano di un rosso acceso. Il mio sguardo percorse il vialetto di ghiaia fino al punto in cui avevo lanciato l'incantesimo e si posò su una chiazza annerita a terra.

«Cos'è successo?» chiesero Celia e Delia all'unisono, accorrendo da dove erano sedute sulla veranda di casa dei miei genitori.

Le mie cugine gemelle si fermarono davanti alla macchia annerita per terra, le loro due teste scure chine una accanto all'altra mentre guardavano in basso. Quando le raggiunsi dal punto in cui mi trovavo, vicino al garage separato, due paia di rotondi occhi blu si alzarono verso di me.

«Stai bene?» mi chiese Delia, prendendomi la mano.

«Credo di sì. Però le dita mi scottano. Non so cosa sia successo. Di certo non stavo cercando di lanciare un incantesimo sul terreno,» spiegai.

Celia guardò oltre me, verso il lampione montato su un piedistallo di granito alla fine del vialetto circolare dei miei genitori. Era lì per scopi puramente decorativi. Ai due lati del vialetto c'erano due pilastri quadrati di granito con delle luci in cima. Poco prima, mia madre aveva notato che una delle lampadine si era fulminata e mi aveva chiesto di ripararla.

Era abbastanza semplice. Riparare qualsiasi cosa elettrica era un gioco da ragazzi per me, con i miei poteri. Seguendo lo sguardo di Celia, vidi che la luce funzionava di nuovo. Tuttavia, brillava così intensamente che, anche di giorno, dovetti schermarmi gli occhi.

Celia si voltò di nuovo verso di me, con un'espressione perplessa. «Ehm, Juliette, credo che qualcosa sia andato storto.»

«Ma va'?» mormorai, avvicinandomi alla luce per ispezionarla. Una volta più vicina, potei vedere delle scintille che crepitavano tutto intorno.

La mano era ancora calda, quasi bruciava. Guardando le gemelle, chiesi: «Qualcuna di voi può correre dentro a chiamare mio padre?»

Io non sarei riuscita a smorzare questo potere, ma mio padre sì.

Celia si affrettò ad andare, con la coda di cavallo che le dondolava avanti e indietro mentre saliva di corsa sulla veranda e varcava la porta d'ingresso. Pochi secondi dopo, mio padre uscì a grandi passi dietro di lei.

Come al solito, sembrava perfettamente calmo. Alto e imponente, mio padre riusciva in qualche modo a sembrare uscito dalle pagine di un libro di storia, a prescindere dalla situazione. I suoi capelli argentati brillarono sotto la luce del sole mentre si fermava accanto a me, sistemandosi gli occhiali sul naso.

Il suo sguardo penetrante e blu passò da me alla macchia annerita per terra. Senza dire una parola, si diresse verso la luce sul pilastro alla fine del vialetto. Sollevò una mano e la tenne ferma accanto alla luce. Dopo un istante, le scintille si dissiparono e la luce tornò a brillare normalmente, quasi come se avesse usato un dimmer per regolarne l'intensità.

Abbassando la mano, tornò al mio fianco. «Come ti senti?» mi chiese.

«Beh, bene. Credo? Sento un leggero formicolio alle dita,» dissi, sollevando le mani e strofinandole insieme. La sensazione di bruciore aveva finalmente iniziato ad affievolirsi.

Mio padre socchiuse gli occhi mentre guardava di nuovo la zona annerita per terra.

«È successo qualcosa di insolito quando hai lanciato l'incantesimo per riparare la luce?»

«No, non quando l'ho lanciato. Ma poi ho sentito le dita come se stessero andando a fuoco ed è andato a zig-zag. Anche quando facevo più fatica a gestire questo potere, non era mai successo.»

Sebbene mio padre rimanesse apparentemente calmo, potevo percepire la sua preoccupazione. In quanto potente stregone, mio padre aveva visto e fatto molte cose nel regno della magia. Sentivo che forse aveva già visto qualcosa di simile, ma di certo non sembrava propenso a condividerlo con noi.

«Cosa credi che sia successo?» cinguettò Delia.

Mio padre, Liam Good Sr., lanciò un'occhiata alle gemelle, con l'accenno di un sorriso che gli increspava gli angoli della bocca. «Non lo so di preciso. Il potere elettrico è difficile da gestire. Ora va tutto bene, quindi speriamo che sia stato solo un caso isolato.»

Sentii la voce di mia madre e mi voltai per vederla avvicinarsi. «Stai bene, cara?» chiamò.

«Sto bene,» risposi quando mi raggiunse.

Vidi un'*occhiata* passare tra mio padre e lei e desiderai che non fossero sempre così guardinghi. Qualunque cosa fosse successa, speravo proprio che non fosse stato altro che un caso isolato. La magia poteva essere imprevedibile.

———

Ore dopo, guardai mia cognata, Moira, dall'altra parte del tavolo e scossi la testa. «No, non è successo nient'altro da allora. Certo, non ho neanche provato a lanciare incantesimi.»

Moira arricciò il naso mentre mi guardava da un capo all'altro del tavolo all'Enchanted Spirits. Ci eravamo date appuntamento lì per una cena tardiva e un drink.

Proprio in quel momento, sentimmo un forte rumore di vetri infranti alle nostre spalle. Ci voltammo all'unisono. Guardando in alto, vedemmo che due delle luci montate sopra il bancone erano esplose e che i vetri si erano frantumati sul bancone stesso, mentre le due lampadine scoperte emettevano scintille all'impazzata.

«Uh-oh. Non è un buon segno» mormorò Moira.

«Dovremmo...» Prima ancora di terminare la domanda, mi risposi da sola. «Inutile andare di là. Sembra che abbiano tutto l'aiuto che serve.» Il barista e alcuni altri stavano già pulendo e cambiando le lampadine. Vidi qualche sguardo preoccupato, ma gli affari continuarono come se niente fosse.

«Visto che sono seduta qui di fronte a te, so che non hai lanciato nessun incantesimo. Te l'ho chiesto perché oggi pomeriggio ho parlato con la madre di Zoe, quando sono passata a trovare lei e il bambino. Ha detto che anche a lei un incantesimo è andato storto questo pomeriggio. Stava solo cercando di dare un po' di energia ai suoi fiori» disse Moira.

«Pensa che sia stato solo un caso?»

Moira si strinse nelle spalle. «Sul momento, sì. Ma il potere delle piante è molto più facile da gestire di quello elettrico.»

Mi trattenni dal rispondere. A volte mi stancavo dei commenti su quanto fosse impegnativo gestire il potere elettrico. Nessuno aveva bisogno di dirmelo. Ero io quella che aveva quel potere. Mi ero anche fatta una certa reputazione al liceo per aver mandato all'aria qualche incantesimo quando i miei poteri si stavano manifestando. Avevo imparato a controllarlo, ma era difficile e richiedeva abilità. A volte era come tenere del fuoco tra le mani.

Moira continuò, ignara di ciò che mi passava per la testa. «Era scioccata perché non aveva problemi con gli incantesimi da decenni. A che ora è successo esattamente questo pomeriggio?»

«Oh, è stato dopo la scuola, perché i gemelli erano a casa. Non stavo guardando l'ora, ma direi che erano circa le tre e mezza o le quattro.»

Moira tirò fuori il telefono dalla borsa, riattivando lo schermo con un tocco. «Sto scrivendo a Bets proprio adesso.»

Mentre lei scriveva, mi voltai per vedere cosa stesse succedendo con le luci. Il barista aveva già pulito i vetri dal bancone e i clienti si erano fatti indietro, con alcuni di loro che aiutavano a spazzare via il vetro dal pavimento. Sebbene avessero cambiato le lampadine, le luci stavano di nuovo scintillando.

Proprio mentre mi stavo chiedendo chi avremmo potuto chiamare per aiutare a smorzare qualsiasi cosa stesse succedendo, il marito di Moira, Liam, che è anche mio fratello, entrò dalla porta principale. Con una rapida occhiata alla stanza, si diresse subito verso il bancone e disse qualcosa al barista.

Un momento dopo, si arrampicò su uno sgabello procuratogli dal barista. Anche se sembrava che stesse allentando le lampadine, sapevo che stava smorzando qualsiasi cosa stesse succedendo con l'elettricità.

Moira non si era nemmeno accorta dell'arrivo di Liam e alzò lo sguardo. «Bets ha detto che è più o meno alla stessa ora in cui il suo incantesimo è andato storto. Non so cosa stia succedendo, ma il mio istinto mi dice che c'è qualcosa che non va.»

Nelle ventiquattro ore successive a Charm Cove, emersero da ogni parte segnalazioni di incantesimi fuori controllo tra la comunità di streghe e stregoni. Anche quelli minori, come aprire una serratura.

L'esempio più stravagante proveniva da una pozione d'amore venduta da Persnickety Potions & Gifts. A quanto pare, un uomo era caduto in ginocchio proclamando selvaggiamente il suo amore sul marciapiede proprio fuori dal negozio. Piccolo problema: stava proclamando il suo amore a un corvo appollaiato su un cartello stradale all'angolo della via.

Avevamo un problema. Un problema di magia.

CAPITOLO DUE

Seguii con la punta del dito la riga sul foglio di calcolo stampato, fermandomi quando arrivai al numero che stavo cercando. «Proprio qui», dissi, picchiettando l'indice sulla cifra. «Questo dato è sballato quasi ogni due mesi».

Zia Opal si sporse sul bancone, seduta accanto a me su uno sgabello presso la vetrina di vetro che fungeva anche da cassa da Beauty Bewitched. Beauty Bewitched era un negozio gestito dalla mia numerosa famiglia allargata, i Good. Al momento, era zia Opal a gestirlo. I suoi occhi percorsero la riga, soffermandosi sul nome del fornitore. «E quindi, cosa significa?», chiese.

«In poche parole, significa che ogni paio di mesi i loro conti non tornano. Non so bene di cosa si tratti, ma dovremmo tenerlo d'occhio. Volevo fare qualche ricerca nella contabilità passata, ma prima volevo parlarne con te. Ogni volta che c'è un'inesattezza, è a loro vantaggio. Tu fai un ordine e paghi in base a quello. Ma quando spediscono la merce, l'inventario è leggermente inferiore e i documenti allegati riflettono ciò che hanno inviato, ma non quello che hai effettivamente pagato in anticipo. È per questo che volevo impostare un sistema automatizzato per i controlli incrociati».

Opal si tolse gli occhiali, lasciandoli pendere dalla catenella d'argento che portava al collo, mentre tamburellava con le dita sul vetro. «Questa è sicuramente una preoccupazione. Usiamo la Alden Beauty Supply da anni. Ogni volta che posso, vado alla loro festa di Natale a Portland», disse, con gli occhi azzurri spalancati per la costernazione.

«Lo so. Un anno, mamma mi ha portata con lei. Immagino che tu non potessi andare, e volevi che ci fosse qualcuno della famiglia».

A quella frase, Opal sfoderò un sorriso. Tornò subito seria, emettendo un sospiro. «Odio doverlo fare, ma vorrei che dessi un'occhiata ai conti dell'ultimo anno. Sai che adoravamo Norma, ma lei ha iniziato a occuparsi della nostra contabilità prima dell'era della contabilità computerizzata. Per partner commerciali di lunga data come gli Alden, ci fidiamo. Non c'è mai stato motivo di dubitare che non operassero in modo etico. Apprezzo quello che stai facendo con i controlli incrociati e tutto il resto. Vorrei sapere da quanto tempo va avanti questa storia. Pensi che potrebbe trattarsi di un loro errore?».

«È improbabile, ma sempre possibile. Alla gente piace dire che i computer prevengono gli errori, ma basta leggere le notizie per sapere che non è così. Sarò felice di spulciare i registri passati. Ci sono stati cambiamenti nella gestione o qualcosa del genere per questo fornitore?».

«Ora che me lo dici, gli Alden sono andati in pensione e hanno passato il testimone alla figlia circa tre anni fa. Non so quanto siano stati coinvolti nei dettagli da allora».

«Giusto. Beh, darò un'occhiata. Nel frattempo, tutto il resto sembra a posto. Certo che vendiamo un sacco di quelle creme anti-età», dissi con un leggero scossone del capo.

«Beh, cara, funzionano. Questo è il vantaggio di poter aggiungere un pizzico di magia dopo aver ricevuto i prodotti base», rispose Opal con un occhiolino furbo, mentre si rimetteva gli occhiali e si girava di lato per orientare il portatile, che fungeva anche da registratore di cassa, verso entrambe. «Dai un'occhiata a queste cifre dell'anno scorso».

Mi mostrò i nostri ottimi risultati. Beauty Bewitched aveva un fiorente commercio online. Dovevamo gestire i nostri ordini perché potevamo lanciare solo un certo numero di incantesimi, e non funzionava con gli ordini all'ingrosso.

Beauty Bewitched vendeva articoli di bellezza di ogni tipo. Avevo preso in mano la contabilità quando la storica contabile di famiglia era finalmente andata in pensione, sollevata di poter passare il testimone a qualcuno di cui si fidava. Speravo davvero di non scoprire che aveva trascurato errori come questo per troppo tempo.

«Cambiando argomento, hai saputo altro di quella serie di incantesimi andati a rotoli l'altro giorno?», chiesi mentre impilavo i fogli di calcolo e li infilavo in una cartellina prima di farla scivolare nella borsa del computer.

Opal strinse le labbra, tamburellando di nuovo con le dita sul bancone di vetro. «Nient'altro che le segnalazioni che continuano ad arrivare. Tutti si stanno astenendo da incantesimi importanti. L'ultima cosa di cui abbiamo bisogno è combinare un grosso pasticcio. Questo mi preoccupa».

«Beh, certo. Mi sono quasi bruciata una mano. Da allora non ho più osato lanciare un incantesimo. Solo l'idea mi mette ansia».

«Proprio come dicevo a Maria stamattina, quando l'ho incontrata da Magic Beans, dobbiamo fare una prova con qualcuno che lancia un incantesimo mentre qualcun altro con poteri smorzanti è nelle vicinanze. Nel tuo caso, è piuttosto semplice. Chiedi a tuo padre».

«Mio padre l'ha già fatto, perché mi ha aiutata a calmare l'incantesimo che mi è andato storto ieri. Ma come faremo a scoprire cosa sta causando tutto questo scompiglio negli incantesimi, tanto per cominciare?».

«Se la situazione non si risolve entro qualche giorno, dovremo metterci al lavoro e ficcanasare un po'. Ho già chiesto a Jacob di vedere se riesce a fare qualche tracciamento. Abbiamo abbastanza incidenti specifici perché possa fare un po' il detective. La mia migliore ipotesi è che si tratti di un incidente. Di solito, cose del genere lo sono. Non è ancora successo nulla di dannoso, a parte piccoli inconvenienti».

Annuii. «Confido che mi farai sapere se senti qualcosa. Nel frattempo, ho promesso a Moira e Zoe di incontrarle per un caffè da Magic Beans, quindi devo andare».

«Allora sbrigati. C'è qualcosa di cui hai bisogno da parte mia per l'analisi della contabilità passata?», chiese mentre mi alzavo e afferravo la mia leggera giacca di pile dagli appendini dietro il bancone.

«Non mi viene in mente nulla. Ho già accesso a tutti i registri di cui ho bisogno. Mi ci vorrà un po' di tempo per controllare tutto, ma me ne occuperò».

Porgendomi, le ho sfiorato la guancia con un bacio e sono uscita dal negozio salutandola con la mano. L'aria primaverile era frizzante quel pomeriggio. Una leggera brezza soffiava dall'oceano verso le pittoresche strade di Charm Cove. Mi fermai, lasciando che il mio sguardo spaziasse per la città. Graziosi edifici in stile coloniale fiancheggiavano le strade. Un prato comunale perfettamente quadrato si trovava proprio di fronte a Beauty Bewitched. Dopo essermi fermata a guardare da entrambi i lati prima di attraversare, mi affrettai a passare dall'altra parte e misi piede sul marciapiede di ciottoli, per poi spingere il cancello in ferro battuto che conduceva al prato.

Sorrisi quando i miei occhi si posarono sull'alto abete balsamico al centro del prato. Con mio grande dispiacere, era quasi andato in fumo una notte di qualche mese fa, quando ero tornata a casa dopo le vacanze. Per fortuna avevamo risolto quel piccolo problema. Mio fratello maggiore, Liam, che ha il potere di restaurare le cose, aveva riportato l'albero al suo antico splendore. Il grazioso abete balsamico era lucente e verde, e i suoi rami erano leggermente mossi dalla brezza.

«Juliette!» chiamò una voce.

Fermandomi, mi guardai intorno e vidi Beatrice Powers che mi salutava con la mano dall'angolo opposto del prato, proprio la direzione in cui stavo andando. La salutai con un cenno e affrettai il passo. Naturalmente, Beatrice non se ne stette ferma ad aspettare. Sebbene non fosse fuori per la sua energica camminata mattutina, che faceva ogni giorno con qualsiasi tempo, Beatrice mi venne incontro a passo svelto.

«Buon pomeriggio, cara» disse quando si fermò di fronte a me.

«Salve, Beatrice. Fa una passeggiata in più oggi?»

«Sono solo uscita per delle commissioni. Come sta?»

«Ero da Beauty Bewitched a rivedere alcune questioni di contabilità con Opal, e ora vado a prendere un caffè con Moira e Zoe.»

«Ha visto la bambina di Zoe ultimamente? È un tesoro» disse Beatrice, con gli occhi castani che scintillavano insieme al suo sorriso. Sebbene Beatrice avesse più di novant'anni, non si sarebbe detto. Si manteneva in ottima salute con le sue camminate. Con i capelli argentati e le leggere rughe sul viso, era snella ed energica. Era una cliente abituale di Beauty Bewitched e insisteva sul fatto che le lozioni che vendevamo per la cura della pelle fossero davvero magiche. Essendo io una delle streghe più potenti di Charm Cove, e quindi del mondo, potevo solo immaginare quanto potere avessero le lozioni dopo che la sua magia se ne era impossessata.

«È davvero un tesoro. Bets l'ha presa per un pomeriggio da nonna, così Zoe ha detto che voleva un caffè. Ne ha fatto a meno per nove mesi, sa.»

«Certo. A parte questo, ha avuto altri contrattempi?» chiese Beatrice, alzando la mano come per lanciare un incantesimo.

Sebbene non avessi discusso con Beatrice del mio piccolo contrattempo con l'incantesimo, lei generalmente sapeva tutto, quindi non dubitavo che avesse sentito l'intera storia. «Non ho più lanciato un incantesimo da allora. Ma non è stata solo colpa mia. Lo sa, vero?»

«Oh, certo che lo so. Ho avuto la fortuna di non avere problemi. Stavo lanciando un piccolo incantesimo per scaldare il tè perché non avevo voglia di alzarmi e rimettere su il bollitore. Fortunatamente mi sono resa conto che qualcosa non andava e ho bloccato il mio stesso incantesimo.»

«Beh, comodo» offrii con un sorriso.

«Sono sicura che sta già chiedendo in giro, e sa che lo sto facendo anch'io. Per ora, non abbiamo niente. Speriamo che questa primavera sia meno movimentata della scorsa» disse, inarcando le sopracciglia mentre scuoteva leggermente la testa.

Beatrice si riferiva all'evento che aveva portato Charm Cove a essere soprannominata la *Meraviglia di Margherite del Mondo*. Una discussione tra due anziane streghe per una vecchia disputa aveva portato la città a essere ricoperta di margherite. Era stata una faccenda non da poco, con tanto di indesiderata attenzione da parte dei media.

«Sono sicura che tutti sperano in una primavera noiosa per quanto riguarda gli incantesimi. In questo momento, gli unici a sapere che qualcosa non va sono le streghe e gli stregoni. Sicuramente riusciremo a risolvere la cosa in fretta.»

«Ce la faremo. Si goda la sua pausa caffè con le amiche, cara» disse Beatrice, dandomi una stretta al gomito mentre mi superava in fretta.

CAPITOLO TRE

L'insegna del Magic Beans mi chiamava mentre attraversavo il parco. Era stata ridipinta di recente e le sue lettere di un blu brillante erano allegre. Con l'aggiunta di fiori sparsi intorno al nome del locale, si intonava perfettamente con la primavera. Pochi istanti dopo, spingendo la porta, il ricco profumo di caffè e prodotti da forno mi avvolse.

C'era la fila alla cassa. La caffetteria era affollata, come sempre, in qualsiasi periodo dell'anno. Mentre aspettavo, scrutai il piccolo locale con lo sguardo, che si posò su Moira nell'angolo in fondo. Lei alzò una mano per salutarmi e io ricambiai il saluto.

Quando arrivai in cima alla fila, Sarah Glen, la cui famiglia era proprietaria del Magic Beans, mi rivolse un sorriso smagliante. «Buon pomeriggio, Juliette. Moira mi ha detto che ti saresti incontrata qui con lei. Cosa posso portarti?»

«Prendo un americano. Avrei proprio bisogno di un po' di caffeina. Quali sono le specialità di pasticceria di oggi?»

Sarah stava già preparando il mio caffè. La sua coda di cavallo bionda ondeggiò mentre si voltava a guardarmi. «Abbiamo muffin ai mirtilli e gocce di cioccolato bianco. Di salato, invece, ci sono i popover con spinaci, carciofi e feta. Immagino che la domanda sia: dolce o salato?»

«Salato. Prendo due popover. E mi raccomando, metti in conto anche il caffè di Zoe e qualsiasi altra cosa prenda quando arriva.» Appoggiai una banconota da venti dollari sul bancone.

«Certo.» Sarah si interruppe dopo aver premuto i pulsanti sulla macchina del caffè per mettere due popover nel fornetto accanto, prima di voltarsi di nuovo verso di me. «Cosa devo fare con il resto?»

«Tienilo come mancia», le offrii con un sorriso.

Sarah mi fece l'occhiolino. «Oh, grazie.»

Proprio in quel momento, la macchina del caffè dietro di lei emise un segnale acustico e si voltò. «Mi raccomando, lascia spazio per la panna», dissi.

Un istante dopo, Sarah mi porse il caffè e i due popover su un piattino. «Buon appetito.»

Mentre la ringraziavo ad alta voce, Sarah stava già servendo il cliente successivo. Mi feci strada tra i tavoli fino a quello che Moira aveva requisito nell'angolo, scivolando sulla sedia di fronte a lei. «Buongiorno. Vedo che mi hai battuta sul tempo.»

«Non è stato difficile, visto che Liam voleva arrivare presto per una riunione», rispose Moira.

«Saresti potuta venire con la tua macchina», dissi, fermandomi per sorseggiare il caffè.

«Oh, lo so. Ma finiamo alla stessa ora, quindi è più efficiente venire insieme.»

«E poi, lui ti piace.» Le sorrisi.

Le sue guance si arrossarono leggermente mentre sorrideva. «Lo spero bene, visto che ci siamo sposati. Oh, ecco Zoe», disse, salutando con la mano mentre io mi voltavo per vedere Zoe mettersi in fondo alla fila.

Zoe ci salutò a sua volta. «Non posso credere che il suo bambino abbia già quasi quattro mesi.» Presi uno dei miei popover e ne diedi un morso. «Troppo buono», mormorai tra un boccone e l'altro.

«Lo so. I popover di Sarah sono divini. Io ho già finito il mio.»

Prima che Zoe arrivasse al nostro tavolo, Isobel Martin si fermò accanto a noi mentre stava uscendo. «Buongiorno, ragazze. Come state?»

«Bene, Isobel, e tu?», rispose Moira.

Feci un cenno di approvazione con il pollice mentre masticavo.

«Sto bene. Ho sentito che continuiamo ad avere problemi con gli incantesimi. Persino io ne ho avuto uno piccolo ieri pomeriggio», commentò Isobel, mettendosi una mano sul fianco. Il piccolo chignon che portava in cima alla testa oscillò leggermente quando annuì con un certo vigore.

«Io non sto nemmeno facendo incantesimi in questo periodo. E tu?», chiesi.

Gli occhi di Isobel si sgranarono leggermente. «Non sapevo che avremmo dovuto smettere tutte. Pensavo fosse solo un caso.»

Moira intervenne: «Credo che tutte pensassimo fosse un caso. Solo che questo caso sembra non volersi risolvere. Onestamente, non so se sia meglio non lanciare alcun incantesimo, o attenersi solo a quelli piccoli.»

«Stavo solo cercando di dare un piccolo aiuto a una delle mie piante», spiegò Isobel in fretta. Isobel era una strega di una famiglia non molto potente. Era orgogliosa di far parte della comunità delle streghe e voleva sempre partecipare a qualsiasi cosa stesse accadendo.

«Immagino abbia più senso attenerci a piccoli incantesimi, giusto per vedere cosa succede. Per questo motivo, è un bene che tu abbia provato», le offrii. «Cos'è successo con il tuo incantesimo?»

«È semplicemente andato storto ed è finito vicino alla pianta, niente di più. Abbiamo idea di cosa potrebbe causare i problemi?», chiese Isobel.

Io e Moira alzammo le spalle all'unisono. «Non ne abbiamo la più pallida idea», dissi.

Sapevo, perché io e Moira ce ne eravamo scritte la sera prima, che lei non ne sapeva più di me.

«Beh, speriamo che si risolva da solo presto. Forse è solo una questione atmosferica», suggerì Isobel.

«Atmosferica?», chiese Moira.

«Sai, come il tempo. Ci sono stati lampi di calore ieri notte», spiegò Isobel.

«Lampi di calore? Non faceva nemmeno così caldo. Quando li hai visti e dove?», chiesi.

In quel momento, Zoe arrivò al nostro tavolo. I suoi riccioli castani le rimbalzarono sulle spalle mentre si sedeva sulla sedia rimasta libera, sul lato opposto del tavolo rispetto a dove si trovava Isobel. Si tuffò subito nella conversazione. «Li ho visti anch'io i lampi. Stranissimo. Perché hai ragione, non fa ancora così caldo.»

«Erano sull'oceano», aggiunse Isobel. «Almeno è lì che li ho visti io. E tu?» I suoi occhi si spostarono su Zoe.

«Lo stesso. Dalle stanze di sopra di casa nostra si vede l'oceano.»

«Beh, questo è strano», mormorai.

«Ragazze, è sempre un piacere vedervi, ma devo scappare. Ho delle commissioni da sbrigare oggi.» Isobel si affrettò ad andarsene.

Guardai Zoe. «Sei sicura riguardo ai lampi?»

Zoe fece spallucce. «Così sembrava. Anch'io penso sia un po' strano, perché non fa ancora abbastanza caldo per i lampi di calore. Chi lo sa? Come per ogni cosa, credo sia meglio stare a vedere.» Zoe guardò Moira. «So che non resisti alla tentazione di capire cosa sta succedendo», la prese in giro prima di fermarsi a sorseggiare il caffè. Lanciandomi un'occhiata, sogghignò. «Grazie. Mi hai offerto il caffè e un popover, a detta di Sarah. Ha detto che potevo prenderne più di uno, ma sto cercando di perdere i chili della gravidanza.» Zoe si diede una pacca sul fianco.

«Ma se li hai già persi i chili della gravidanza», insistette Moira. «A parte il fatto che avevi un bel pancione rotondo, non sei quasi ingrassata mentre eri incinta.»

Zoe roteò vistosamente gli occhi. «Sei un tesoro di amica. Ma fidati, sono ingrassata.»

«Come sta la piccola Betsey?» chiesi.

Zoe tirò subito fuori il telefono e sfoggiò una sfilza di foto. La figlia di Zoe e Daniel era semplicemente un amore. Aveva i riccioli di sua madre e gli occhi castani di entrambi i genitori. «La mamma mi dice che non dovrei essere troppo impaziente di vederla gattonare, ma io non vedo l'ora.»

«E allora dovrai correrle dietro dappertutto. O almeno così dicono», commentai.

Zoe sorrise. «Ne sono certa. Per quanto è energica, penso che mi sfinirà, ma mi godrò ogni singolo istante.»

«Tanto quanto ti piace poter bere di nuovo il caffè?» la presi in giro.

Finimmo il nostro caffè del pomeriggio chiacchierando del più e del meno. Avevamo deciso che questo sarebbe stato un ritrovo quasi settimanale per noi tre da quando ero tornata in città. Era bello riambientarsi alla vita di Charm Cove. Il lavoro stava andando bene e la mia relazione con Donovan forse stava prendendo una piega positiva.

Mentre stavamo uscendo, attraversammo insieme la piazza del paese perché Moira voleva mostrarci delle nuove pozioni nel suo negozio. Quando passammo accanto alla fontana, Zoe mi lanciò un'occhiata, chiedendo: «Ci sono altri desideri che si avverano?»

«Non che io sappia. Sono riuscita a passare tranquillamente vicino alla fontana con estranei che non sono streghe e stregoni, e non è successo nulla», risposi con un sorriso.

Zoe si riferiva alla temporanea ondata di desideri che si erano avverati dopo che, subito dopo le feste, mi ero fermata per un capriccio a esprimere un desiderio in questa fontana. La fontana era leggendaria tra streghe e stregoni per il suo potere di esaudire i desideri. Il potere doveva essere solo per streghe e stregoni, e anche in quel caso era piuttosto irregolare.

Con la combinazione dei miei poteri elettrici e quelli dello stregone che si nascondeva nella piazza quella notte, avevamo finito per lanciare incantesimi nello stesso momento. L'ipotesi era che quella coincidenza avesse in un certo senso riacceso il motore dell'antico incantesimo per un breve periodo. Non che qualcuno lo sapesse per certo, ma le speculazioni non mancavano mai nella comunità soprannaturale di Charm Cove. Abbassando lo sguardo sull'ornata fontana di granito, che un tempo era stata un abbeveratoio per cavalli, feci spallucce. «Penso che ora sia solo una normalissima fontana. Anche se mi ha preoccupata, è stato divertente finché è durato.»

Moira rise piano. «Già. Divertente è meglio di cadaveri che saltano fuori dalla fontana.»

Zoe scosse la testa. «Povero Alvin.»

Continuammo a camminare e io aggiunsi: «Ecco cosa succede con un incantesimo d'inciampo.»

Alvin era un uomo, ora deceduto, che aveva trovato la morte dopo che la combinazione del suo triangolo amoroso andato in fumo, un incantesimo d'inciampo e l'ubriachezza lo avevano fatto finire nella fontana. Mia madre aveva poi lanciato un incantesimo di purificazione nell'acqua per evitare che la sua presenza rimanesse lì.

Mentre raggiungevamo l'altro lato della piazza, fermandoci sul marciapiede per lasciar passare il traffico, si sentì un brontolio di tuono nel cielo. Il sole fu oscurato rapidamente mentre noi tre guardavamo insieme verso l'alto. La mattinata primaverile e soleggiata divenne quasi istantaneamente nuvolosa e coperta. Le nuvole erano scure e dall'aspetto minaccioso, del tipo che si vede prima che un temporale si scateni in piena estate. Non che in primavera non ci fossero temporali, ma tendevano a essere più miti.

Guardammo un lampo squarciare il cielo. Striature frastagliate di elettricità color oro argenteo brillarono tra le nuvole scure, seguite all'istante da un altro brontolio di tuono prima che il lampo sfrigolasse di nuovo. Lanciai un'occhiata a Zoe e Moira e aprii la bocca per commentare quanto fosse strano, quando il cielo si aprì letteralmente e iniziò a riversare secchiate d'acqua su di noi.

«Entriamo!» gridai invece, le mie parole appena udibili persino alle mie orecchie sopra la pioggia che martellava dall'alto.

Attraversammo di corsa la strada, rannicchiandoci sotto la piccola tettoia sopra l'ingresso di Persnickety Potions & Gifts, il negozio di famiglia gestito da Moira. Con le mani bagnate dalla pioggia, Moira fece cadere le chiavi. Al secondo tentativo, riuscì ad aprire la porta e ci precipitammo dentro.

Senza fiato e fradice per non più di forse sessanta secondi sotto la pioggia, rimanemmo lì a gocciolare acqua sul tappeto. Moira si appoggiò esausta alla porta.

«Che diavolo...?» borbottò Zoe mentre si scostava i riccioli bagnati dal viso.

CAPITOLO QUATTRO

«Ricordami un po', cos'è questa cosa a cui stiamo andando?» chiese Donovan mentre guidava.

«È la recita annuale della comunità di Charm Cove.»

«Fanno sempre *Sogno di una notte di mezza estate* in primavera?» disse lui con ironia, lanciando un'occhiata di lato quando si fermò a uno stop.

Alzai gli occhi al cielo, ridendo e scuotendo la testa. «No. Il corso di teatro del liceo vota per decidere quale spettacolo mettere in scena. Quest'anno è capitato che scegliessero questo.»

«Oh, quindi ci sono solo gli studenti?»

«Il corso di teatro partecipa, ma ci sono anche persone della comunità che fanno i provini per le parti. Tutto sommato, è una cosa divertente.»

Eravamo diretti alla recita della comunità. Proprio quell'anno, la città aveva ripristinato quella che un tempo era una celebrazione annuale per la primavera. Era il primo anno che la città ospitava di nuovo il festival. Visto che la recita annuale del liceo cadeva più o meno nello stesso periodo, il consiglio comunale aveva deciso di includerla nell'organizzazione generale del festival.

Io e Donovan stavamo andando, e di certo non saremmo stati soli. Mi aspettavo di vedere lì praticamente chiunque conoscessi in città.

Mentre Donovan svoltava con l'auto su Wicked Way, commentò: «Mi avevi avvertito che parcheggiare sarebbe stato un'impresa. Qualche suggerimento?»

«Oh, sì. Parcheggiamo dietro a Beauty Bewitched. Ho dimenticato di dirti che Opal mi ha scritto per farmi sapere che ha tenuto da parte qualche posto auto per la famiglia.»

«Ha pensato bene.» Lo sguardo di Donovan esaminò le strade affollate.

Con la recita e il festival, tutto il centro era stato chiuso al traffico, lasciando spazio solo ai pedoni. Sul prato comunale ci sarebbero stati giochi e cibo, con bancarelle di artigianato e artistici. Fortunatamente, sembrava esserci una tregua nel maltempo che aveva afflitto Charm Cove negli ultimi giorni.

Come se mi avesse letto nel pensiero, Donovan disse: «Almeno per ora il cielo è sereno.»

«"Per ora" è il punto cruciale,» risposi con un sospiro. «Con la fortuna che ci ritroviamo, stasera ci beccheremo tuoni, fulmini e un altro acquazzone. Vorrei davvero che avessimo una qualche idea di cosa stia succedendo.»

«Lo so. Anche se è durato solo una quindicina di minuti, ieri ha piovuto così forte che ha completamente devastato le piantine che avevamo messo nella nuova sezione del frutteto.»

«Mia madre era sconvolta per via dei suoi fiori. È riuscita a lanciare un incantesimo per farli riprendere, ma ha potuto farlo solo con mio padre lì accanto per smorzarlo in modo che non le sfuggisse di mano,» commentai.

«È mai successa una cosa del genere prima d'ora?» chiese Donovan svoltando nel parcheggio dietro a Beauty Bewitched.

«Aspetta,» dissi, aprendo la portiera e spostando uno dei coni arancioni che Opal aveva messo nel parcheggio, prima di fare cenno a Donovan di entrare nel posto libero. Mentre parcheggiava, feci il giro del retro della sua auto per aspettarlo. Un'occhiata veloce intorno mi fece capire che la maggior parte della mia famiglia aveva parcheggiato lì, perché riconoscevo le loro auto.

Donovan scese, si mise le chiavi in tasca e venne a stare al mio fianco. Alzando lo sguardo, risposi finalmente alla sua domanda. «Non che io sappia. L'ho chiesto a mia madre. Naturalmente, farà qualche ricerca per vedere cosa riesce a trovare in tutti i libri di storia che custodisce.»

Mia madre era una genealogista e un'appassionata di storia di fama mondiale. Nel mondo delle streghe, s'intende. Aveva cataste e cataste di libri su famiglie di streghe e stregoni risalenti a secoli prima. Teneva anche traccia della storia dell'uso degli incantesimi e dei poteri, quindi se c'era qualcuno in grado di scoprire se un problema di incantesimi e di meteo come questo fosse già accaduto, quella era lei.

«Andiamo. Dovremmo raggiungere l'auditorium del liceo, così magari riusciamo a trovare dei buoni posti. Voglio riuscire a vedere Celia e Delia.»

Donovan mi prese la mano mentre camminavamo velocemente lungo la strada. Le auto erano parcheggiate su entrambi i lati della carreggiata fino al liceo, che si trovava a pochi isolati dal centro vero e proprio, dove c'erano tutti i negozi e i ristoranti.

Entrammo nell'auditorium, e un basso brusio di voci riempiva il grande spazio. Esaminando il pubblico, vidi mio fratello maggiore Liam che ci salutava con la mano, indicando due posti vuoti accanto a lui e a Moira. Tirando Donovan per la mano, dissi: «Vieni. Prendiamo quei posti prima che qualcuno provi a rubarceli.»

Sentii la risatina di Donovan mentre rispondeva: «Qualcuno proverebbe davvero a rubarceli? Non è un po' spietato?»

«Quando non c'è posto a sedere, salta ogni regola,» risposi mentre mi facevo strada tra la folla, zigzagando tra le persone in piedi nel corridoio finché non raggiunsi la fila in cui erano seduti Liam e Moira.

Dopo molteplici «permesso» mentre passavamo davanti ad altre persone già sedute, li raggiungemmo. «Oh, meno male che li avete tenuti,» dissi a mo' di saluto.

Liam sorrise. «Certo che vi abbiamo tenuto i posti. Stasera è un manicomio.»

«Grazie, amico,» aggiunse Donovan. «Juliette era preoccupata che qualcun altro potesse prendere i posti. È sempre una lotta per le sedie quando c'è la recita di primavera?»

Moira rise, sporgendosi oltre Liam che si era di nuovo seduto. «Più o meno. Immagino che abbiate parcheggiato dietro Beauty Bewitched. Stavo per suggerire di parcheggiare dietro al mio negozio, ma Liam ha detto che probabilmente eravate a posto.»

«Avremmo accettato entrambi, ma Opal mi aveva promesso che erano rimasti due posti dietro a Beauty Bewitched.»

«Stasera è anche peggio del solito,» commentò Moira. «Penso sia perché dopo c'è la fiera. Spero solo che il tempo non faccia stranezze.»

«Ne stavamo giusto parlando. Se questo tempo continua, dovremo fare una specie di incantesimo. Ma potrebbe andare in tilt. È un po' un problema,» risposi.

«Jacob ha fatto un po' di perlustrazioni in giro per vedere se riusciva a seguire le tracce degli incantesimi. Oggi è passato in negozio quando è venuto a prendere i gemelli per lo spettacolo di stasera. Ha detto che le tracce sono le stesse in ogni singola area in cui la gente ha segnalato un incantesimo andato storto. Ma non riesce a riconoscerle» spiegò Moira.

Donovan ci guardò alternativamente, inarcando un sopracciglio interrogativo. «Tracce?»

«Nostro zio ha il potere di tracciare gli incantesimi» iniziò Liam. «Riesce a seguire i segni lasciati da chiunque abbia lanciato un incantesimo e a capire che tipo di potere è stato usato.»

«Oh, be', è un potere comodo se c'è qualcosa che non quadra in un incantesimo» commentò Donovan.

«Certo, ma non è poi così comodo se non riesce a identificare le tracce che percepisce. Avete qualche idea su tutto questo tempaccio?» chiesi.

Liam si strinse nelle spalle. «Difficile a dirsi. Tra il cambiamento climatico e tutte le stranezze che si sentono al telegiornale per questo motivo, la cosa sta passando inosservata, questo è sicuro. Con gli incendi a Ovest e lo scioglimento dei ghiacciai, nessuno si preoccupa troppo di qualche temporale primaverile in più a Charm Cove.»

«Non si tratta solo di incendi e scioglimento dei ghiacciai. Ci sono state le inondazioni a New Orleans e dodici tornado in una settimana nel Midwest. Le cose sono strane ovunque. Forse ci stiamo preoccupando del tempo quando è del tutto inutile. Potremmo avere a che fare con la nostra versione di ciò che sta accadendo in altri luoghi» suggerì Donovan.

«Può essere. Vorrei solo poter lanciare un incantesimo senza dovermene preoccupare. Devo incantare dei braccialetti in negozio. Ho detto a Liam che dovrà passare a smorzare i miei incantesimi per non rovinarli» commentò Moira.

«Sono tutte cose di cui non dobbiamo preoccuparci quando gli incantesimi funzionano a dovere» dissi.

In quel momento, le luci dell'auditorium iniziarono ad affievolirsi e si sentì un rumore di passi affrettati verso i pochi posti rimasti, mentre la folla si calmava lentamente. Il sipario si chiuse mentre l'intero auditorium piombò nel buio, prima che le luci sopra il palco si accendessero.

In un clima di quieta attesa, il sipario si aprì lentamente.

———

Quando il frastuono degli applausi si placò, le luci si riaccesero sul palco per un altro inchino da parte del cast. La folla nell'auditorium esultò in risposta.

Quando il sipario si chiuse di nuovo, mi chinai verso Donovan, chiedendo: «Cosa ne pensi?»

La sua risata sommessa mi fece sentire le farfalle nello stomaco. «È stato molto bello. I gemelli sono stati fantastici.»

«Anche secondo me. Saranno così emozionati.»

Moira disse qualcosa e mi chinai per sentirla. Proprio in quel momento, si udì un forte schiocco mentre le luci dell'auditorium ricominciavano ad accendersi. Dopo un altro schiocco, ogni lampadina brillò intensamente. Poi sembrò che le luci si scambiassero scariche di elettricità. Era come uno spettacolo di fulmini al chiuso sopra le nostre teste, con tanto di sfrigolii e crepitii.

L'auditorium si riempì di esclamazioni e sussulti alla vista di quello spettacolo, prima che ogni luce si spegnesse e la sala precipitasse nell'oscurità. Fu il pandemonio, con la gente che si alzava e cercava di uscire in fretta dall'auditorium buio e affollato. Alcune voci gridavano di mantenere la calma, ma senza alcun risultato.

Donovan mi strinse la mano. «Resta con me» mormorò, chinandosi perché potessi sentirlo.

Liam si voltò verso di noi, anche se riuscivo a malapena a distinguere i suoi lineamenti nel buio. «Aspettiamo prima di andare da qualche parte.»

«È esattamente quello che pensavo dovessimo fare» rispose Donovan.

«Che diavolo era?» chiese Moira.

«Era una versione molto più eccitante di quello che è successo alle lampadine da Enchanted Spirits la settimana scorsa. Sembrava anche quello che è successo quando ho provato a riparare la lampadina a casa dei nostri genitori» risposi.

«La cosa si fa strana» mormorò Liam.

«Ehm, direi che era già strana prima» suggerì Moira.

La folla si stava diradando. «Forse dovremmo muoverci. Vorrei andare dietro le quinte a controllare i gemelli» dissi.

«Immagino che Lea e Jacob siano già lì» rispose Moira. «Mando subito un messaggio.»

Tirò fuori il telefono, la cui luce dello schermo brillava nell'auditorium buio. I suoi pollici si mossero veloci sullo schermo. Prima ancora di mettere via il cellulare, alzò lo sguardo, il viso illuminato dallo schermo. «Sì, sono già lì con i gemelli.»

«Andiamo, allora» rispose Liam.

La voce di Donovan si sovrappose a quella di Liam. «Non ha senso rimanere qui troppo a lungo.»

«Ma per quanto riguarda le luci?» chiesi.

«Jacob resterà qui per vedere se riesce a tracciare gli incantesimi. Vuoi fare qualche riparazione?» chiese Moira, guardando Liam.

I miei occhi si erano abituati al buio e ora riuscivo a vedere un po' meglio.

Liam annuì. «Tanto vale. Volete aspettare con noi?» chiese.

«Saremo d'intralcio? I miei poteri servono a muovere oggetti e potrei creare delle barriere in caso di necessità. Ma non so tracciare incantesimi o cose del genere» rispose Donovan.

«Penso che dovremmo restare insieme» aggiunsi.

Quando la folla se ne fu quasi andata, un certo numero di streghe e stregoni si era radunato con noi mentre aspettavamo nell'auditorium. Mia madre si era avvicinata con mio padre per dirci che se ne stavano andando. Poiché il suo potere si basava sui libri che aveva a casa, voleva tornare per vedere cosa riusciva a scoprire su ciò che era appena successo lì.

C'erano i genitori di Moira, insieme a suo fratello Cam. Lui aveva la capacità di catturare gli incantesimi.

«Sei riuscito a catturare qualcosa?» chiese Donovan quando Cam si fermò accanto a noi.

Cam scosse la testa. «Ci ho provato, ma non sapevo da dove provenisse. Ho bisogno di un piccolo aiuto sulla direzione per catturare qualcosa. Sono riuscito a capire da dove potesse provenire l'incantesimo proprio quando è diventato tutto buio.»

Jacob si avvicinò con Celia e Delia al suo fianco. «Quale direzione?» chiese immediatamente, captando ciò che Cam aveva appena detto.

«Da quell'angolo laggiù» rispose Cam, indicando.

«Pensate che possa iniziare a fare qualche riparazione?» chiese Liam.

Lea scosse la testa mentre si univa a noi. «C'è troppa gente in giro. Per quanto pensi che sarebbe utile, credo sia meglio che tu aspetti domani per le riparazioni vere e proprie.»

Aspettammo un po' mentre Jacob faceva una ricerca tra gli incantesimi. Dopo l'arrivo della polizia insieme ai vigili del fuoco, si decise che per le streghe e gli stregoni fosse meglio svignarsela per quella notte. L'ultima cosa che ci voleva era che la gente comune del paese cominciasse ad avere sospetti su incantesimi e poteri.

Dopo essere usciti tutti dall'auditorium, scoprimmo un altro effetto collaterale. O forse l'effetto collaterale era stata la tempesta di fulmini al chiuso tra le lampadine dell'auditorium. Durante lo spettacolo, a quanto pareva c'era stato un altro acquazzone torrenziale mentre tutti erano dentro. Era tutto fradicio, con la pioggia che scorreva a fiumi nei tombini lungo i marciapiedi.

Con il profumo frizzante e fresco della pioggia primaverile che pervadeva l'aria, sembrava che avesse smesso di piovere solo pochi istanti prima. Che questo strano tempo fosse un evento naturale o no, avevamo bisogno di risposte, e al più presto.

CAPITOLO CINQUE

Durante il viaggio verso casa, Donovan mi lanciò un'occhiata mentre si fermava a un semaforo, prima di immettersi sulla strada principale che, passando davanti a casa dei miei genitori, portava alla sua. Erano mesi che lavorava alla ristrutturazione della vecchia fattoria di famiglia e aveva fatto notevoli progressi. «Vuoi che ti lasci a casa?»

Mi sentivo inquieta dopo gli eventi di quella sera. Incrociando il suo sguardo, scossi la testa. La nostra frequentazione era andata avanti e, di tanto in tanto, passavo la notte da lui. Quando accostammo davanti a casa sua e scendemmo dall'auto, feci un respiro profondo e lo buttai fuori con un sospiro. «È così tranquillo qui,» commentai mentre lui mi raggiungeva dopo aver fatto il giro della macchina, sul vialetto di ghiaia.

«Lo so. Difficile credere che meno di un'ora fa abbiamo assistito a un assurdo spettacolo di fulmini al chiuso.»

«Lo so. Spero proprio che vada tutto bene.»

«Andrà tutto bene,» disse Donovan con più sicurezza di quanta ne provassi io, mentre mi prendeva la mano.

Mentre percorrevamo il sentiero di ardesia verso l'ingresso principale della fattoria, un distinto guaito mi arrivò alle orecchie. Mi fermai e lo guardai. Anche Donovan aveva sentito il rumore e si voltò a guardare verso gli alberi da cui sembrava provenire il suono.

Il suono si ripeté, con un piccolo e breve uggiolio alla fine. «Sembra un cane,» dissi lentamente.

«Direi proprio di sì,» rispose Donovan.

Insieme, lasciammo il sentiero e i nostri passi furono attutiti dall'erba mentre ci dirigevamo verso il rumore. Quando raggiungemmo il limitare degli alberi, sentimmo un fruscio e poi apparve un cagnolino. Era in penombra, illuminato solo dal debole fascio di luce delle lampade esterne della casa e da un po' di chiaro di luna.

«Oh, sembra un cucciolo,» dissi inginocchiandomi sull'erba.

Il cagnolino mi si avvicinò con cautela, scodinzolando come se non fosse del tutto sicuro di noi. A un esame più attento, sembrava avere un colore biondo sporco. Si gettò a terra e ci mostrò la pancia. «Beh, è una femmina,» commentai.

Tesi la mano perché la cucciola potesse annusarla. Sembrava essere una specie di incrocio con un labrador. Aveva la pelliccia fradicia e tremava. Alzai lo sguardo verso Donovan mentre la cucciola mi annusava il dorso delle dita e mi leccava la mano, prima di rimettersi in piedi e corrermi a fianco.

«Dobbiamo portarla dentro,» dissi.

Dimostrando di essere il brav'uomo che pensavo, Donovan non esitò nemmeno un istante. «Certo. Prendo un asciugamano e l'asciughiamo. Pensi che appartenga a qualcuno?»

Mentre la prendevo in braccio e sentivo le ossa sporgere sotto la pelliccia mentre tremava contro di me, risposi: «Beh, se anche così fosse, non le danno da mangiare. Non ha collare ed è magrissima. Posso contarle tutte le costole e probabilmente ogni osso del corpo.»

Seguii Donovan in casa mentre accendeva le luci e si affrettava lungo il corridoio, tornando con diversi asciugamani dal bagno al piano di sotto. Pochi istanti dopo, l'avevamo asciugata e la sua pelliccia era tutta a ciuffi. Non avendo cibo per cani a portata di mano, Donovan recuperò del pollo avanzato e le diede qualche pezzetto, che lei divorò.

Alzai lo sguardo, con l'intenzione di chiedergli se gli dispiacesse fare un salto al negozio per comprare del cibo per cani. Donovan, ricordandomi ancora una volta perché era un brav'uomo, rispose prima ancora che glielo chiedessi. «Sì, vado al negozio. Mentre sono via, dovresti cucinare un altro po' di quei petti di pollo. Bollili semplicemente in acqua. Sarebbe anche una buona idea cucinare del riso bianco in bianco. Ce n'è un po' nella credenza accanto ai fornelli.»

«Riso?»

«Abbiamo raccolto un randagio quando ero adolescente. È quello che ci ha detto di fare il veterinario. Ha detto che quando sono sottopeso, aiuta mescolare pollo e riso al cibo per aiutare il loro stomaco ad abituarsi.»

«Ci penso io.» Mi alzai e gli gettai le braccia al collo. «Grazie per aver capito cosa stavo per chiedere prima ancora che lo facessi.»

Mi strinse a sé e fece un passo indietro. «Adoro i cani. Stavo pensando di prenderne uno, quindi se si scopre che non è di nessuno...» Si interruppe quando strinsi gli occhi.

«Su questo darò battaglia. Sta *morendo di fame*,» dissi con fermezza.

Donovan annuì in assenso. «D'accordo. Sono sicuro che potremo tenerla. Va bene, torno in città. Tu tienila d'occhio e inizia con il pollo e il riso. Probabilmente non sarà l'opzione migliore, ma prenderò un collare e un guinzaglio, qualsiasi cosa trovi al supermercato. Di solito hanno qualcosa nel reparto per animali,» disse mentre percorreva il corridoio verso la porta d'ingresso.

Mi sedetti sul pavimento accanto alla cagnolina bionda e le accarezzai il pelo ancora umido. «Da dove vieni?»

La sua coda batté sul pavimento. Mi guardò, i suoi occhi marroni spalancati ma ancora un po' esitanti. «Donovan ha detto che devo prepararti pollo e riso. Perché non vieni con me in cucina?»

Quando mi rialzai, mi seguì docilmente. Una volta messo su il riso e lasciato a sobbollire sul fornello insieme al pollo nell'acqua, secondo le istruzioni di Donovan, salii di sopra con la cagnolina alle calcagna. Io e Donovan non stavamo sempre insieme, ma avevo certamente passato più di una notte lì, quindi sapevo dov'era l'armadio della biancheria.

Donovan aveva fatto enormi progressi nella ristrutturazione di quella casa. Tutti i pavimenti erano stati rifiniti e le pareti ridipinte. La vecchia fattoria coloniale stava cominciando a risplendere. I miei passi echeggiarono sul parquet di sopra mentre mi fermavo accanto al gigantesco armadio nel corridoio.

«Per ora ci accontenteremo di una trapunta,» dissi familiarmente alla cagnolina mentre tiravo fuori una grande e soffice trapunta di cotone, con l'intenzione di usarla come cuccia in cucina mentre le preparavo il pollo e il riso.

Quando Donovan tornò con il cibo per cani, due ciotole abbinate, una cuccia, un guinzaglio e un collare, stavo tagliando il pollo a striscioline e aggiungendolo al riso.

«Tempismo perfetto» dissi, voltandomi al rumore dei suoi passi provenienti dal corridoio. «Ti prego, dimmi che non ha piovuto di nuovo. Non ho sentito tuoni». Mi sciacquai le mani nel lavandino e mi appoggiai con i fianchi al bancone mentre me le asciugavo con uno strofinaccio.

La Biondina, come avevo iniziato a chiamarla nella mia mente, si era alzata e scodinzolava girando in tondo intorno alle gambe di Donovan, mentre lui posava quello che aveva comprato sul tavolino rotondo accanto alle finestre della cucina.

Si chinò per salutarla prima di raddrizzarsi e lanciarmi un'occhiata. «Niente tuoni, niente fulmini, niente pioggia». Guardò la coperta dove la cagnolina si era appena raggomitolata. «Vedo che abbiamo avuto la stessa idea. Metteremo la coperta nella cuccia» disse con un sorriso, mentre strappava l'etichetta dalla cuccia e la posava sul pavimento. Dopo aver sistemato la coperta in cerchio al suo interno, la cagnolina ci si arrampicò subito sopra e si rannicchiò, con la coda che batteva contro il bordo.

«Le diamo solo il riso e il pollo o anche un po' di crocchette?» chiesi.

«Aggiungiamoci un po' di crocchette e un po' d'acqua. È quello che ha fatto mia madre per qualche settimana quando abbiamo trovato quel randagio».

Un istante dopo, Donovan mise a terra il banchetto per la cagnolina. Lei si alzò e lo divorò praticamente tutto, prima di iniziare a lappare l'acqua che lui le aveva messo accanto al cibo.

Mi si strinse la gola a guardarla. «Ha fame. Forse dovremmo darle qualcos'altro» commentai, mentre lei alzava lo sguardo speranzosa, con gli occhi che saettavano da me a lui.

«Credo che per ora basti, data la sua taglia. A occhio e croce peserà al massimo nove chili. Le daremo ancora da mangiare domattina» disse, chinandosi per darmi un bacio sulla guancia. «Non preoccuparti. Si rimetterà in carne».

«Dobbiamo darle un nome».

«Come vuoi chiamarla?» chiese Donovan.

La guardammo mentre si riaccasciava sulla sua cuccia, scodinzolando ancora una volta. Il suo pelo stava finalmente iniziando ad asciugarsi.

«Sunshine» dissi.

«Sunshine?»

«Sì. Perché è bionda, più o meno, ed è apparsa dopo la pioggia».

«Si adatta anche al suo carattere» disse Donovan con un lento sorriso.

«E Sunshine sia» dissi, inginocchiandomi accanto a lei e accarezzandole il pelo tra le orecchie.

CAPITOLO SEI

Il giorno seguente, mi accomodai nel mio ufficio con una tazza di caffè del Magic Beans. Avevo in programma di prendermi del tempo per spulciare quei vecchi conti e vedere se gli errori che avevo segnalato nei resoconti recenti corrispondessero allo stesso fornitore. Speravo di no, perché una cosa del genere avrebbe spezzato il cuore a Opal.

Senza contare che non era mai piacevole cercare di risolvere problemi di quel tipo. Sospettavo che Opal e il resto della mia famiglia, che deteneva una partecipazione in Beauty Bewitched, avrebbero preferito metterci una pietra sopra, ma non avrebbero più voluto servirsi da quel fornitore. Guadagnavamo un sacco di soldi con il negozio, ma dovevamo sapere se potevamo fidarci di loro in futuro. Perciò, non potevamo assolutamente ignorare la cosa.

Il mio ufficio di contabilità si trovava nell'edificio di proprietà della mia famiglia. La Good Investments era un'azienda tentacolare che gestiva portafogli di investimento, oltre a collaborare con la famiglia Wicked nella gestione immobiliare, amministrando le proprietà del faro e alcuni altri edifici storici a Charm Cove e nelle comunità vicine. Ci occupavamo anche della manutenzione cittadina, che includeva la gestione della manutenzione stradale di Charm Cove.

Adoravo il mio piccolo ufficio. Era piccolo e rannicchiato in un angolo del piano di sopra. L'edificio era situato a un'estremità di Good Lane e offriva una vista sull'Oceano Atlantico oltre il centro abitato e una vista sul parco cittadino da un'altra finestra.

Quella mattina era stata piuttosto tranquilla, tutto sommato. Ero particolarmente grata di lavorare nell'edificio della mia famiglia perché potevo portare Sunshine con me. Al momento stava sonnecchiando ai miei piedi nella cuccia che mia madre era andata a comprare quando siamo arrivate stamattina. Mia madre aveva dichiarato che la moquette non sarebbe stata abbastanza comoda per Sunshine. Mia madre era una vera tenerona, e a me non dispiaceva affatto.

Donovan aveva ancora qualche lavoretto in corso a casa sua, quindi era meglio che Sunshine non fosse tra i piedi. Le lanciai un'occhiata, sorridendo nel vederla profondamente addormentata in un raggio di sole che filtrava dalla finestra. Avevamo già chiamato il veterinario locale e fissato un appuntamento per domani per farla visitare, farle le vaccinazioni e vedere se aveva il microchip.

Mandai giù un sorso di caffè e mi misi al lavoro. Ore dopo, mi appoggiai allo schienale della sedia con un sospiro. In quel momento, mia madre fece capolino dalla porta del mio ufficio.

«A cosa è dovuto quel sospiro, cara?» chiese.

«Beh, è stata una giornata impegnativa e le mie notizie sono contrastanti.»

«Prima di arrivare a questo,» disse mia madre entrando nel mio ufficio, «devo salutare Sunshine.»

Sunshine alzò la testa. Sembrava che stesse imparando in fretta il suo nome. Si alzò dalla sua cuccia e andò a salutare mia madre scodinzolando e dimenandosi.

Dopo una sessione di coccole, mia madre si sedette sulla sedia di fronte alla mia scrivania. «Okay, cominciamo con le cattive notizie.»

«Quel fornitore ci ha truffato in questo modo negli ultimi due anni, ma la cosa è stata minima fino agli ultimi sei mesi circa.»

«E quindi quali sono le buone notizie?» chiese mia madre, inarcando le sopracciglia.

«Che è solo da quel periodo. Temevo che la cosa andasse avanti da anni e anni. E invece no. Sebbene i vecchi rapporti contabili siano per lo più cartacei, sono riuscita a fare un controllo incrociato piuttosto rapidamente creando un foglio di calcolo per verificare gli acquisti e le spedizioni di magazzino. Sono tornata indietro di un decennio. Posso andare ancora più indietro, ma non credo sia necessario.»

Mia madre storse la bocca di lato mentre picchiettava con la punta delle dita sul bracciolo della sedia. «Perché mai avrebbero dovuto farlo? Ci siamo serviti da loro per anni.»

«Non lo so. Ovviamente non ho avuto molto tempo per indagare, ma ho fatto una rapida ricerca per vedere se avessero apportato cambiamenti aziendali nell'ultimo anno o giù di lì. A parte il fatto che la figlia ha assunto la direzione, l'unica altra cosa che è saltata fuori è che si sono uniti a quel consorzio di investimenti per il parco eolico appena fuori dai confini della città. Di certo non so cosa possa avere a che fare con tutto questo, ma per loro è stato un investimento significativo.»

«Mmm. Questo è certamente curioso,» rifletté mia madre. Scosse leggermente la testa. «Immagino che parlerai con Opal.»

«Certo. Vedrò cosa vuole fare. Per ora, sono propensa a lasciar correre. Voglio vedere se la cosa continua.»

«Pensi che Opal sarà d'accordo ad aspettare?»

«Sì. C'è qualcosa che non torna in questa faccenda. Se facciamo sapere loro cosa abbiamo scoperto, potremmo non avere la possibilità di scoprirlo perché faranno un lavoro migliore nel coprire le loro tracce.»

«Giusta osservazione.»

Ruotando sulla sedia, toccai la tastiera per spegnere il computer.

«Cosa fai stasera?» chiese mia madre, con un lampo negli occhi.

«Non lo so. Perché me lo chiedi?»

«Beh, pensi di dover ancora trovare un posto dove stare, o forse potresti trasferirti da Donovan?»

Le mie guance si arrossarono leggermente mentre scoppiavo a ridere. «Okay, quindi non si tratta di stasera. Immagino che ora siate tutti moderni e io possa semplicemente andare a vivere con Donovan?»

Mia madre roteò gli occhi. «Siamo certamente moderni. Non hai bisogno di aspettare di sposarti per andare a vivere insieme.»

«Lo so, mamma, ma non sono ancora pronta a fare questo grande passo. Credo che accetterò l'offerta di Moira e Liam di trasferirmi nella vecchia rimessa delle carrozze quest'estate, dopo che si saranno trasferiti nella loro nuova casa.»

«Quella non sarà disponibile prima dell'autunno, al più presto.»

«Credevo che la loro casa sarebbe stata pronta quest'estate», risposi.

«I lavori di costruzione richiedono sempre più tempo del previsto, cara. Il motivo per cui te ne parlo è per via di una delle case in affitto che gestiamo: il vecchio cottage del giardiniere dall'altra parte della nostra proprietà, sai quale intendo?»

«Certo che lo so. È disponibile?»

«Certo che lo è, e so che lo adori. Che ne pensi?»

«Oh, l'idea mi piace *tantissimo*. La parola cottage è riduttiva per quel posto.»

Mia madre sorrise. «Non lo è, infatti, e i giardini che lo circondano sono incredibili. Gli attuali inquilini se ne andranno alla fine del prossimo mese. Parte della loro cauzione servirà per le pulizie. Una volta sistemato tutto, ti faremo trasferire.»

«Sarà perfetto», risposi, battendo leggermente le mani. A quel suono, Sunshine si rianimò e si avvicinò di corsa, sbattendo festosamente la coda contro il lato della mia scrivania.

Risi, abbassandomi per accarezzarle la schiena.

Mia madre chiese: «Allora tieni Sunshine?»

«È quello che intendo fare. Penso che a Donovan piacerebbe condividerla, e per me va bene. Se qualcuno dovesse reclamarla, mi opporrò. Stava morendo di fame. Immagino di poterla tenere al cottage.»

«Certo.»

Proprio in quel momento, il mio cellulare vibrò. Sporgendomi, lo feci scivolare più vicino a me sulla scrivania e vidi sullo schermo un messaggio di Opal.

Qualche progresso con la tua ricerca?

Alzando lo sguardo verso mia madre, dissi: «Opal vuole un aggiornamento. Credo che la situazione meriti una telefonata.»

Mia madre si alzò, lisciandosi i pantaloni con le mani. «Chiamala pure. Dille che ho già parlato con tuo padre e che appoggiamo qualsiasi cosa lei ritenga opportuno fare per gestire questa faccenda.»

Dopo che mia madre lasciò il mio ufficio, toccai lo schermo per chiamare Opal, che rispose immediatamente. «Visto che chiami, suppongo tu abbia notizie per me», disse a mo' di saluto.

«Proprio così.» La aggiornai rapidamente. «Mamma era qui poco fa e voleva che ti facessi sapere che loro appoggiano qualsiasi cosa tu decida di fare.»

Sebbene fosse Opal a gestire il negozio, diversi membri della famiglia Good vi avevano una partecipazione finanziaria. Pertanto, tutti gli interessati avrebbero dovuto essere consultati sulla decisione.

«Credo sia meglio aspettare e vedere come si evolve la situazione. Dato che la cosa non va avanti da molto, vorrei lasciar correre ancora per un po', per vedere se riusciamo a scoprire perché lo stanno facendo.»

«La tengo sicuramente d'occhio, quindi sorveglierò con attenzione.»

«Certo che lo farai. Se non fosse per te, non sapremmo nemmeno che sta succedendo. Non sai quanto apprezzo il tuo lavoro.»

Terminata la chiamata con Opal, mi diressi al negozio Charming Pet Supply. Anche se Donovan si era già occupato della cuccia e del collare per Sunshine, volevo fare scorta di croccantini e altri articoli per lei. Mentre camminavo parallelamente al parco comunale, sfiorando con la mano la recinzione in ferro battuto che lo circondava, un movimento improvviso attirò la mia attenzione.

Fui attratta da un piccolo lotto erboso tra due vecchie case affacciate sul parco. Quel terreno un tempo era un cortile ed era stato trasformato in varie cose nel corso degli anni. Proprio l'anno scorso era diventato un orto comunitario con piccoli appezzamenti per chi si era iscritto per utilizzare lo spazio.

Beatrice Powers era in piedi accanto a un'altra strega, Frances Howe. Frances aveva da poco avviato una piccola attività di agricoltura biologica. Vendeva i suoi prodotti a ristoranti di lusso di Charm Cove e di altre zone, seguendo il concetto "dal produttore al consumatore".

Beatrice sembrava arrabbiata. Ero anche abbastanza sicura che avesse appena lanciato una sorta di incantesimo di blocco. Un effetto collaterale dei miei poteri elettrici era la capacità di vedere tracce di incantesimi nell'aria subito dopo che erano stati lanciati. Questo potere non mi diceva assolutamente nulla, se non che era stato lanciato un incantesimo valido. Era la mia sensibilità all'elettricità a garantirmi questo beneficio secondario. Mentre guardavo Beatrice, l'aria intorno alle sue mani tremolava per l'energia residua di qualsiasi incantesimo avesse appena lanciato.

Guardai da entrambi i lati prima di attraversare la strada per scoprire cosa stesse succedendo. Entrando nell'orto comunitario, mi guardai intorno, piacevolmente sorpresa nel vedere tutte le file ordinate con i primi germogli che spuntavano dove le persone avevano seminato per la primavera.

Beatrice diede un'occhiata alle sue spalle. «Oh, ciao, Juliette.»

«Va tutto bene?», chiesi.

Beatrice rivolse di nuovo il suo sguardo tagliente a Frances, che sembrava preoccupata, con la fronte aggrottata e gli occhi leggermente sgranati.

«Immagino dipenda da cosa intendi per "bene"», disse Beatrice. «Ho appena impedito a Frances di lanciare un incantesimo letale su tutto questo orto comunitario. Lei nega, ma so quello che ho visto e conosco bene quell'incantesimo.»

Frances deglutì, guardando nervosamente prima Beatrice e poi me. «Giuro, io...»

La interruppi. «Frances, non so che incantesimo tu abbia lanciato, ma Jacob Good può essere qui in pochi minuti per rintracciarlo. Non ha senso mentire.»

Gli occhi di Frances si strinsero e sbuffò. «E va bene. Che intendete fare?», ribatté, il suo tono che passava da nervoso a scontroso in un lampo.

Beatrice incrociò le braccia, apparendo in tutto e per tutto l'antica e potente strega che era. «Stai tramando qualcosa. Per non parlare del fatto che, senza il mio incantesimo di blocco, il tuo stava funzionando perfettamente. Non c'è stato un solo incantesimo nelle ultime due settimane che non abbia avuto problemi. Ci sei tu dietro a tutto questo casino?»

L'espressione scontrosa di Frances svanì all'istante e rimase a bocca aperta. «Oh, cielo! No. Non posso credere che tu possa anche solo accusarmi di una cosa del genere, Beatrice. Ci conosciamo da anni.»

«È vero. Ma non direi che siamo amiche intime», ribatté Beatrice, con tono tagliente.

Frances sbuffò, incrociando le braccia. «È ridicolo. Sarò onesta. Non voglio che questo orto comunitario interferisca con la mia attività a chilometro zero.»

Beatrice socchiuse gli occhi, il suo sguardo che spaziava in un arco su tutto il lotto. «Sarà come dici, ma resto curiosa sulla tua capacità di lanciare quell'incantesimo senza alcun problema.»

Frances gettò le braccia in aria, lasciandole ricadere con un altro sbuffo. «Non ho fatto niente. Non sono la strega più potente da queste parti,» disse con fare allusivo. «Non riesco proprio a immaginare perché tu possa pensare che proprio *io* abbia la capacità di avere un effetto su così tanti incantesimi a Charm Cove.»

CAPITOLO SETTE

Sunshine corse attraverso la stanza nella dépendance di Moira e Liam, un concentrato di eccitazione, scodinzolii e dimenamenti. Si fermò con una sbandata goffa davanti a Ghost, il gatto di Moira.

Ghost non sembrava avere paura di Sunshine, ma d'altronde immaginavo che per Sunshine fosse difficile incutere timore. Era troppo dannatamente amichevole e buffa. Ghost la scrutò, con la coda che si muoveva avanti e indietro. Quando Sunshine si chinò verso il muso di Ghost, fu accolta da una zampata fulminea sul naso. Lei emise un guaito e si ritrasse.

Liam scoppiò a ridere da dove si trovava, vicino all'isola della cucina. «Mi chiedevo cosa avrebbe pensato Ghost di un cane».

«Pensi che ne abbia già incontrato uno prima d'ora?» domandai, posando la borsa su uno sgabello vicino al bancone e appoggiandovi i fianchi per osservare i due animali mentre si studiavano a vicenda.

«Oh, ne sono sicura» disse Moira con voce squillante mentre scendeva le scale. «Ghost fa come gli pare. Con la sua gattaiola sulla veranda, può entrare e uscire. Alcuni dei nostri vicini hanno dei cani. È un gatto piuttosto tranquillo, quindi non credo che Sunshine gli darà fastidio, purché lei non lo infastidisca».

Tutti e tre guardammo la coda di Sunshine che continuava a scodinzolare lentamente. Dopo un attimo, si girò sulla schiena, mostrandogli la pancia. Ghost rimase indifferente e semplicemente seduto dov'era. Quando Sunshine si rimise in piedi e si sporse in avanti, questa volta con molta più cautela, Ghost tollerò il suo fiutare curioso prima di voltarsi e andarsene per saltare sul davanzale della finestra.

«Non so se Ghost voglia essere tuo amico» dissi a Sunshine mentre si alzava e attraversava la stanza.

«Sono sicuro che se ne farà una ragione» la prese in giro Liam mentre lei gli si avvicinava girandogli intorno alle ginocchia mentre lui la accarezzava.

«Com'è andata la visita dal veterinario?» domandò Moira, girando intorno all'isola ed estraendo una bottiglia di vino dal portabottiglie sotto il bancone insieme a un set di bicchieri.

Scivolando su uno sgabello, risposi: «È andata bene. Non ha il microchip e dobbiamo fissare un appuntamento per farla sterilizzare. Pensano che fosse una randagia e hanno stimato che abbia circa sei mesi».

Lo sguardo di Moira seguì Sunshine mentre vagava per la stanza, annusando tutto ciò che il suo naso riusciva a trovare. «Immagino che ci vorrà un mese o più per farle raggiungere un peso forma» commentò.

«È quello che ha detto il veterinario. Mi ha dato un programma di alimentazione consigliato».

«Donovan si unisce a noi?» domandò Liam, lanciandomi un'occhiata.

«Sì». Guardai l'orologio. «Dovrebbe arrivare da un momento all'altro. Ha detto che prende la pizza venendo qui».

«Perfetto» replicò Moira. «Sto morendo di fame e mi sono trattenuta sapendo che voi due sareste venuti a cena. Vino rosso o bianco?».

«Prendo il rosso. Sediamoci al tavolo da pranzo» commentò Liam, allontanandosi dal bancone e avvicinandosi al tavolo rotondo lì vicino.

Lo seguii dopo che Moira mi ebbe riempito un bicchiere di vino. Dopo averlo posato sul tavolo, domandai: «C'è bisogno di aiuto?».

Moira si stava avvicinando con altri due bicchieri di vino. «Certo. Se vuoi prendere i piatti e i tovaglioli, io prendo le posate».

Mentre stavo apparecchiando la tavola e Moira riempiva una caraffa d'acqua, bussarono alla porta.

«Entra pure» disse Liam ad alta voce dall'altra parte della stanza.

«Ho la pizza» disse Donovan entrando con due cartoni della pizza tenuti in alto con un braccio. Sunshine si affrettò ad avvicinarsi, con le unghie che ticchettavano sul parquet. Gli girò intorno alle gambe con la coda che scodinzolava furiosamente prima di correre via per guardare fuori dalle finestre.

«Porta le pizze qui» replicò Liam.

Donovan si avvicinò al tavolo della cucina e Liam lo liberò dei due cartoni della pizza. «Fammi appendere la giacca. Devo togliermi le scarpe?» domandò voltandosi e sfilandosi il giaccone.

«Non ce n'è bisogno» rispose Moira con voce squillante. «Puoi appendere la giacca ai ganci vicino alla porta».

Dopo che Donovan ebbe appeso la giacca, attraversò la stanza. Gli feci cenno di avvicinarsi al tavolo. «Siediti. Vino o birra?».

«Prendo quello che bevono tutti» rispose lui con disinvoltura.

Riempii un bicchiere di vino rosso e glielo misi davanti sul tavolo mentre si sedeva sulla sedia indicatagli da Liam. Quando Donovan mi sorrise, la pancia mi fece una capriola.

Continuavo a chiedermi se il suo effetto su di me sarebbe svanito, ma non sembrava essere così. I suoi occhi blu, abbinati alla chioma scura e al suo bell'aspetto generale, mantenevano la capacità di accendermi i nervi. Naturalmente, il fatto che fosse così dannatamente gentile non aiutava.

«Com'è andata la tua giornata?» domandò lui, guardando verso di me.

«La mia giornata è andata bene. La tua?».

«Intensa. Oggi avevo una squadra che stava finendo gran parte del lavoro di dettaglio sulle piastrelle rotte in cucina e nei bagni di sopra. Nel frattempo, stavo lavorando ad alcuni progetti per un nuovo palazzo di uffici a Portland» rispose Donovan.

«Quanto ti manca per finire i lavori di ristrutturazione?» domandò Liam in tono colloquiale.

«Oh, ci sto arrivando. Direi altri pochi mesi o più tra la casa principale e la dépendance» spiegò Donovan proprio mentre Moira si avvicinava al tavolo.

Aprimmo i cartoni della pizza e ci servimmo. Dopo aver iniziato a mangiare, Donovan riprese il discorso. «Una volta finita la dépendance, sto valutando se trasferirmi lì. La settimana scorsa ho parlato con i miei genitori e hanno una data di rogito per la loro proprietà nel nord dello stato di New York».

«Oh, è fantastico» commentò Moira. «Quindi finalmente tornano a Charm Cove?».

Donovan annuì. «Sì. Non vedono l'ora».

«Stai pensando di lasciarli stare nella casa principale?» chiese Liam tra un boccone e l'altro della sua pizza.

Donovan si strinse nelle spalle. «Di certo non ho bisogno di tutto quello spazio. La dependance è più che grande per me. A proposito di novità» continuò, cambiando argomento, «di cosa parlava il tuo messaggio di oggi?» I suoi occhi incrociarono i miei.

«Oh, è vero. Non ho nemmeno avuto la possibilità di raccontarvi cosa ho visto oggi» dissi, guardando Liam e Moira dall'altra parte del tavolo. «Oggi stavo attraversando il parco e Beatrice stava affrontando Frances Howe perché l'ha sorpresa a lanciare un incantesimo per distruggere alcune aiuole dell'orto comunitario».

Moira rimase senza fiato, con la bocca spalancata. «Dici sul serio?»

«Assolutamente. Ma non è tutto. Beatrice ha fatto notare che è stato piuttosto strano che Frances sia riuscita a lanciare quell'incantesimo senza alcun problema. Quindi ora sospetta che in qualche modo Frances abbia a che fare con gli altri incantesimi andati storti».

«È possibile?» chiese Donovan.

Mi strinsi nelle spalle. «Frances ha sostenuto di non avere abbastanza potere per fare una cosa del genere. Non conosco molto bene i suoi poteri, quindi di certo non saprei dire».

Liam finì una fetta di pizza, con lo sguardo pensieroso. «Non credo che nessuno nella sua famiglia sia molto potente».

«In ogni caso» intervenne Moira, «chiunque stia causando i problemi con gli incantesimi, è qualcuno di potente. Non si può fare una cosa del genere senza un potere considerevole».

«Che tipo di potere servirebbe per farlo?» chiese Donovan.

«Fondamentalmente, un potere di interferenza. Non è proprio come il potere di blocco, perché quello bloccherebbe un incantesimo del tutto. Il potere di interferenza è un tipo di potere correlato» spiegai.

«E tu come fai a saperlo?» chiese Moira.

«Nostra madre» dissi, incrociando lo sguardo di mio fratello con un sorriso. «Sono il genere di cose che lei sa».

«Ha avuto modo di controllare quali famiglie possiedono quel potere?» chiese Liam.

Annuii. «A quanto dice, molte famiglie possiedono quel potere da generazioni. Sta facendo altre ricerche per vedere se riesce a trovare qualche precedente sull'uso di incantesimi di interferenza che possa aiutarla. Non è comune quanto i poteri di blocco, ma dice che è decisamente piuttosto diffuso».

Sunshine, che stava sonnecchiando sul tappeto vicino al divano, si avvicinò a noi, girando intorno al tavolo per salutare tutti. Donovan le grattò dietro le orecchie e mi lanciò un'occhiata. «Il suo pelo ha un aspetto molto migliore, anche se non ha ancora messo su molto peso» osservò.

«Lo so. Sono passati solo pochi giorni, ma il veterinario ha detto che il cibo normale avrebbe subito giovato al suo manto. Vorrei lasciarla mangiare a più non posso, ma il veterinario ha detto di procedere con calma. Ha detto che non le fa bene ingrassare troppo in fretta».

«Ha senso» commentò Moira. «Non mi hai più detto cosa pensa Opal dei fornitori e di quella questione dei soldi».

«È piuttosto chiaro che hanno fatto la cresta. Opal vuole lasciar correre per un po' per vedere se riusciamo a raccogliere più informazioni. Non è una grossa somma di denaro, ed è successo solo negli ultimi due anni».

«Ha intenzione di lasciar correre?» chiese Liam, inarcando le sopracciglia.

«Mi strinsi nelle spalle. «Sì. Vuole vedere se riesce a capire il perché. Se fa qualche mossa, tipo smettere di ordinare le forniture di punto in bianco, potrebbe allertarli dei suoi sospetti. A quanto pare verranno la settimana prossima, come fanno ogni anno, per incontrarsi e discutere gli ordini per la stagione successiva. Mi ha invitata ad andare con lei al pranzo che ha programmato con loro. Sarà sicuramente interessante».

Poco dopo, mentre stavamo riordinando, Ghost e Sunshine si concentrarono intensamente sul cortile. Ghost si sedette sul davanzale con la coda che si muoveva nervosamente mentre fissava fuori, mentre Sunshine aveva il naso spiaccicato contro il vetro della finestra e guardava nella stessa direzione.

Non era ancora completamente buio, e il riflesso del sole che tramontava sul lato opposto all'oceano aveva gettato sull'acqua un bagliore scintillante. La rimessa delle carrozze di Liam e Moira era situata su una scogliera a picco sull'Oceano Atlantico, poco più in là di dove io e Liam eravamo cresciuti. Non c'era molto da vedere se non un panorama magnifico e il prato che si estendeva tra la casa e l'oceano, intervallato da alberi.

«Dovremmo farli uscire?» chiesi mentre portavo i calici da vino vuoti verso la lavastoviglie, dove Moira stava sciacquando i piatti e mettendoli nel cestello.

«Ghost può uscire da solo attraverso la gattaiola» rispose lei con un sorriso.

Come se l'avesse sentita, Ghost sfrecciò attraverso la porta a battente verso la veranda e, tramite la sua gattaiola, uscì sulla terrazza posteriore. Andai alla finestra per mettermi accanto a Sunshine, accarezzandole la testa dorata mentre lei guaiva leggermente alla vista di Ghost che correva attraverso il prato sul retro.

Il cielo, che era stato sereno tutto il giorno, si oscurò bruscamente per l'arrivo di nuvole che avvolsero quasi l'intera area nel buio. Sebbene fosse il crepuscolo e il sole stesse tramontando, la luce residua fu cancellata da nuvole grigie, furiose e minacciose.

Guardando alle mie spalle, commentai: «Forse è meglio che facciate rientrare Ghost. Risponde quando lo chiamate?»

Liam attraversò la stanza per raggiungermi, i suoi occhi preoccupati mentre scrutava il cielo. Moira e Donovan ci raggiunsero un momento dopo.

«Di solito non torna quando lo si chiama» spiegò Moira, con tono preoccupato. «Se piove, finirà per essere fradicio».

«Vado a prenderlo io» si offrì Liam.

Quando Liam uscì dalla porta a vetri sulla veranda, Ghost si girò, la sua sagoma bianca che spiccava nella penombra. Tornò di corsa verso la casa, sfrecciando attraverso la sua gattaiola, proprio mentre un lampo illuminava il cielo.

CAPITOLO OTTO

«Oh, non ne sarei così sicura,» dissi a Moira dall'altro lato del bancone del Persnickety Potions & Gifts.

«Hai un'idea migliore?» ribatté lei mentre tirava fuori delle boccette di rimedi erboristici da una scatola, spuntandole da una lista su una cartellina con clip.

«Beh, a dire il vero no, ma so che Liam avrà da ridire sulla tua proposta.»

«Certo che avrà da ridire,» rispose Moira con un sorrisetto. «Considerando i posti in cui mi sono teletrasportata, questo non è poi così rischioso.»

In quel momento, Zoe ci chiamò dalla teca dove stava esaminando dei braccialetti con ciondoli per comprarne uno da regalare a una cugina che viveva fuori stato. «E da quando in qua è una grande idea che tu ti teletrasporti da qualche parte?» chiese mentre si avvicinava per raggiungerci vicino alla cassa.

«Non c'è problema,» disse Moira, alzando gli occhi al cielo. Si riferiva al suo specifico potere di potersi teletrasportare in luoghi dotati di magia, se si trovava nelle vicinanze e sapeva dove stava andando.

Il suo era un potere piuttosto raro ed era un'esclusiva della discendenza di streghe e stregoni della famiglia Wicked.

«E dove hai intenzione di andare, esattamente? O meglio, dove proponi di andare?» chiarì Zoe.

Moira spuntò una riga sulla sua lista con la matita e posò la cartellina sul bancone prima di guardare Zoe. «Opal ha un pranzo trimestrale con il fornitore che, come ha scoperto Juliette, sta intascando soldi extra alle spalle del Beauty Bewitched. Dato che quella famiglia ha dei poteri, forse c'entra qualcosa anche con tutte queste altre stranezze. Visto che sappiamo quando saranno qui a Charm Cove, ho pensato di poter fare una gita a Portland e visitare i loro uffici. Ho un sacco di commissioni da fare mentre sono lì.»

«Cosa?» disse Zoe bruscamente. «Mi sembra un'ipotesi azzardata pensare che una questione di soldi abbia a che fare con gli strani problemi degli incantesimi qui.»

«Non proprio,» intervenni. «Mia madre, siccome non riesce a farne a meno, ha fatto ricerche sulla famiglia l'altra sera. L'interferenza magica è un tratto di famiglia. Hanno anche una partecipazione piuttosto consistente nel progetto eolico proposto. Questi sono solo alcuni degli indizi che li collegano agli eventi di Charm Cove. Saranno anche sparsi, ma chi può dirlo?»

«Quindi, quando verranno a pranzo, tu dove sarai?» chiese Zoe, facendo un cenno verso Moira.

«Come ho detto, devo già fare delle commissioni a Portland. Mi materializzerò nei loro uffici e vedrò cosa riesco a trovare.»

Zoe alzò gli occhi al cielo e sospirò. «Ok, non è la peggiore delle idee. Anche se non fosse per tutta la faccenda delle tempeste e dei problemi con gli incantesimi, potrebbe valerne la pena solo per capire perché stanno rubando soldi al Beauty Bewitched.»

Moira sorrise raggiante. «Esattamente.»

«Che ne dici di parlarne con Liam stasera? Se hai davvero intenzione di andare a Portland, ti preparo una lista della spesa.»

«Idem,» si intromise Zoe.

———

Qualche giorno dopo, il pranzo trimestrale con la famiglia Alden era fissato per mezzogiorno al Charm Café. Il Charm Café era uno dei ristoranti preferiti del posto e piuttosto popolare tra i turisti. Il locale riusciva in qualche modo a essere informale e di lusso allo stesso tempo, cosa che non era affatto semplice, specialmente nel mercato della ristorazione affollato di oggi. Per quanto piccola fosse Charm Cove, avevamo alcuni ristoranti rinomati come mete turistiche estive.

Dato che trovare parcheggio era un'impresa essendo primavera e un bel pomeriggio di sole, andai a piedi dal mio ufficio. Mentre camminavo lungo il marciapiede e passavo accanto all'orto comunitario, lanciai un'occhiata in quella direzione, curiosa di vedere se tutto stesse crescendo come previsto.

Tutto sembrava verde e sano, quindi l'incantesimo di blocco di Beatrice sembrava aver funzionato. Restavo comunque curiosa riguardo al tentativo di Frances di distruggere parti dell'orto. Non riuscivo a capire come pochi piccoli appezzamenti comunitari potessero competere con l'attività che Frances stava sviluppando. Tuttavia, la popolarità della tendenza del "farm-to-table" spingeva i ristoranti a concentrarsi molto sui fornitori locali. Sebbene Frances fosse del posto, probabilmente preferiva limitare la concorrenza.

Svoltai nella via che da Charming Way portava al Charm Café. Mancava solo un altro isolato e offriva una vista limpida sull'Oceano Atlantico. Oggi, la superficie dell'acqua era increspata dal vento, con il sole che proiettava scintille di luce tra le onde.

Speravo solo che il tempo si mantenesse sereno per tutto il pomeriggio. Imboccai il sentiero di lastre d'ardesia che conduceva al Charm Café. Era ricavato in una vecchia casa in stile Cape Cod, ristrutturata e trasformata in un adorabile ristorantino. Salii in cima alla scala di granito ed entrai. Quelli che una volta erano un soggiorno e un salotto ora formavano un'unica sala da pranzo a pianta aperta. I pavimenti in legno lucido brillavano sotto la luce del sole che filtrava dalle alte finestre.

Quando mi guardai intorno e non vidi ancora Opal, tirai fuori il telefono e le scrissi un breve messaggio. *Prendo un tavolo per cinque. Fammi sapere se saremo di più.*

Dopo che la responsabile di sala mi fece accomodare, mi portai avanti e ordinai degli antipasti per tutti noi: panini appena sfornati con salsa ai carciofi per i vegetariani e una salsa di granchio per i non vegetariani. A quanto pareva, la figlia che stava per prendere le redini dell'azienda era vegana e non avrebbe toccato nient'altro che cibi vegani. Si diceva anche che fosse estremamente entusiasta di rinnovare la loro linea di prodotti per offrire solo lozioni vegane.

Ammiravo chi faceva quella scelta, ma a me piacevano la carne e il pesce. Pensavo di fare la mia parte assicurandomi che ciò che mangiavo fosse di provenienza locale e raccolto in modo responsabile.

Poco dopo arrivò Opal con gli anziani coniugi Alden e la loro figlia, Viola Alden. In realtà, avevo già incontrato gli Alden insieme a mia madre quando eravamo passate per i loro uffici a Portland, ma era la prima volta che incontravo la figlia.

Viola aveva un'aria spigolosa. I suoi capelli scuri erano raccolti in una coda di cavallo che le scendeva dritta tra le scapole. Aveva occhi azzurro ghiaccio e labbra sottili. Fece un sorriso tirato quando ci presentarono. «Molto lieta di conoscerLa, Juliette».

«Piacere mio», risposi con un sorriso. «Ho già ordinato gli antipasti. Spero che vada bene a tutti».

«Certo che va bene, cara», disse Opal, chinandosi per darmi un bacio secco sulla guancia mentre apriva il tovagliolo e se lo posava in grembo.

«Spero davvero che abbiano opzioni vegane», disse Viola.

«Certo che le hanno», replicai. «Ho ordinato la loro salsa ai carciofi, che è completamente vegana e senza latticini di alcun tipo. Ho preso anche la salsa di granchio, che ovviamente non è vegana». Indicai i due vassoi al centro del tavolo.

La signora Alden mi sorrise. «Oh, grazie, cara. Adoro una buona salsa di granchio. So che Viola vorrebbe che diventassimo tutti vegani, ma le dico sempre che mangiare carne, pesce e così via fa parte del ciclo della vita».

Viola si limitò a fare spallucce e tagliò quella che doveva essere la fetta di pane più sottile che avessi mai visto, per poi spalmarci sopra una minuscola quantità di salsa ai carciofi. Non potei fare a meno di chiedermi se fosse per quello che era così magra.

Un cameriere si fermò al tavolo e prese le nostre ordinazioni per le bevande. Dopodiché, elencò i piatti del giorno e ci assicurò che sarebbe tornato a breve. Opal guidò la conversazione, chiacchierando dei prossimi eventi primaverili. «Per il resto, siamo impegnate come sempre. Come vanno le cose giù a Portland?» chiese alla fine del suo riassunto.

«Portland è letteralmente esplosa in questi ultimi anni, ma sono sicura che lo sapevate già», disse la signora Alden, mentre il signor Alden annuiva.

«So che è cresciuta un po' ed è diventata una vera e propria meta turistica, con tutti i suoi ristoranti e simili. Devo dare atto alla città di aver fatto un lavoro incredibile con la zona del centro», commentò Opal.

Viola si inserì nella conversazione. «*È* incantevole. Speriamo di approfittare di tutta la nuova energia che sta arrivando in città per espandere la nostra clientela. Pensiamo di avere un prodotto eccellente. Ora che pubblicizziamo le nostre opzioni vegane, questo amplia il nostro mercato», disse prima di bere un piccolo sorso d'acqua.

«State pianificando un'espansione dell'attività?» chiesi educatamente.

«Mi piacerebbe certamente. Rendere i nostri prodotti vegani ci offre un nuovo gruppo di clienti che altrimenti verrebbero esclusi. Ma questo non ci farà di certo perdere i nostri clienti attuali», rispose lei.

«Giusta osservazione», dissi mentre il nostro cameriere arrivava per prendere le ordinazioni per il pranzo.

Dopo aver ordinato, la conversazione si spostò su vari aggiornamenti riguardanti Charm Cove. Era impossibile discutere di affari in città senza includere lo sviluppo, a lungo atteso e piuttosto contestato, del parco eolico su un tratto isolato della costa di Charm Cove.

«Voi cosa ne pensate di tutta questa faccenda?» chiese il signor Alden.

Avevo notato che riservava la conversazione agli argomenti più aridi e professionali e non sembrava particolarmente entusiasta dei piani aziendali vegani della figlia. Tuttavia, pareva contento di lasciarla fare come preferiva. Percepivo una tensione di fondo tra di loro, ma supposi che si potesse dire lo stesso di qualsiasi famiglia.

Opal fece spallucce con leggerezza. «Penso che il mondo sia pronto per fonti di energia alternative. Soprattutto quelle più pulite di quelle che abbiamo già. Capisco che la gente sia preoccupata per il panorama, ma anche la vista di un giacimento petrolifero non è esattamente bella».

La signora Alden annuì. «Pensa che andrà davvero in porto?» chiese, con un'aria un po' nervosa.

«Ha già superato tutto l'iter di approvazione, che è piuttosto laborioso. A questo punto, per quanto ne so, è solo questione di realizzarlo», intervenni io.

Presi l'ultimo boccone del mio panino mentre Opal commentava: «Esattamente. La città ha approvato il progetto quasi cinque anni fa. È solo che lo sviluppo in sé era carente. Suppongo stessero aspettando dei finanziamenti tramite sovvenzioni e simili».

«Ho sentito delle voci su quella famiglia che possiede la centrale elettrica più vicina. Serve Charm Cove, Windy Bay e le due cittadine senza giurisdizione comunale un po' più a nord», disse il signor Alden.

Opal annuì. «Sono sicura che sia così, ma il cambiamento fa parte della vita e di questa situazione. Proprio come noi di Beauty Bewitched abbiamo dovuto adattarci ai capricci delle mode, quell'azienda dovrà adattarsi al fatto che abbiamo bisogno di più fonti di energia rinnovabile. Hanno avuto la possibilità di acquistare una quota della compagnia eolica».

«Ha idea del perché abbiano scelto di non farlo?» chiesi, sinceramente incuriosita.

Opal alzò gli occhi al cielo e si fermò per bere un sorso d'acqua. «No. All'inizio, credo che pensassero davvero che il progetto non si sarebbe concretizzato. Hanno avuto il monopolio dell'energia per così tanto tempo da essere stati viziati dalla situazione. Ora che sta accadendo davvero e in un futuro prossimo, credo che stiano cercando di sollevare un polverone. Troppo poco e troppo tardi, se vuole il mio parere».

La signora Alden guardò alternativamente me e Opal, sempre con un'aria un po' nervosa, ma non avevo idea del perché. «Abbiamo certamente visto alcuni articoli a riguardo a Portland, quindi sarà curioso vedere cosa succederà».

CAPITOLO NOVE

Più tardi quella sera, ero seduta al tavolo della cucina di fronte a mia madre, sorseggiando il mio tè. «Non so cosa fosse, ma c'era qualcosa che non quadrava. Non è che abbiano fatto molte domande sul parco eolico, ma è stato strano. Era quasi come se sperassero che non si facesse. Non so come altro spiegarlo», spiegai.

Mia madre immerse il cucchiaino nel miele, aggiungendone un altro po' nel suo tè. «Interessante. Mi chiedo se abbiano una partecipazione nella vecchia compagnia elettrica. Sappiamo che ne hanno una nel progetto eolico. Opal vuole ancora aspettare prima di prendere decisioni su quell'account?»

«È quello che ha detto lei».

«Mmm. Capisco. Li usiamo come fornitori per i nostri prodotti di base da oltre trent'anni. Chiudere quell'account solleverebbe sicuramente delle domande. Non potremmo semplicemente farlo senza dare spiegazioni. Non abbiamo molti fornitori che siano effettivamente streghe e stregoni, quindi questa è un'altra grana in tutta questa faccenda».

«Non è che per caso hai sentito Moira questo pomeriggio?» chiesi. «O forse Liam?»

Mia madre sorrise. «Certo che li ho sentiti. Come sai, Moira è andata a Portland per la giornata. In realtà si fermano per la notte. Torneranno domani. Moira si è materializzata nei loro uffici. Liam ha detto che ha fatto un sacco di fotografie a documenti e roba simile. Hanno avuto un pomeriggio pieno di commissioni, quindi dovremo aspettare che tornino a casa per esaminare tutto. Devo dire che, per quanto mi sia preoccupata per i tuoi poteri elettrici, sono piuttosto sollevata che tu non condivida quell'altro potere».

«Il potere di Moira, vuoi dire?»

Mia madre annuì. «È un potere piuttosto rischioso. Lei lo controlla molto bene, ma comunque».

Risi piano. «Beh, le cose stanno così. Per quanto insolito sia quel potere, da quello che ho capito, è più facile da controllare del potere elettrico».

«Oh, certamente. Tu hai un'enorme quantità di potere sulla punta delle dita. Devo dire che sono molto orgogliosa di quanta strada hai fatto nel gestirlo. Tornando ai fornitori, intendo chiedere a Camilla cosa sa di eventuali investimenti, e anche a tuo padre. La nostra azienda ha delle partecipazioni sia nella vecchia compagnia elettrica sia nel parco eolico, quindi dovremmo riuscire a scoprire chi ha investito».

«Cosa pensi che c'entrino gli investimenti?» chiesi.

«C'è un motivo se la frase 'segui i soldi' è un cliché. Forse non ha nulla a che fare con quello che sta succedendo, ma vale sempre la pena indagare».

«Cambiando argomento, so che hai fatto ricerche sulle storie delle famiglie che hanno poteri di interferenza magica. Cos'altro hai scoperto?»

Mia madre si fermò per sorseggiare il suo tè prima di rispondere. «Anche se la capacità di interferire con gli incantesimi non è comune come quella di bloccarli, non è nemmeno del tutto rara. La famiglia Alden si tramanda il potere di interferenza di generazione in generazione, così come i Bishop. Ovviamente, è saltato fuori occasionalmente nelle famiglie Wicked e Good, oltre che nella famiglia di Donovan. La famiglia Wick è un lontano ramo della famiglia Wicked, quindi neanche quella è una sorpresa. Anche alcune streghe nell'albero genealogico della famiglia Howe hanno avuto questo potere».

«Ah, davvero?»

Mia madre annuì. «Sì, quindi è possibile che Frances abbia questo potere, ma quella famiglia in generale non ne ha molto, quindi è improbabile che riesca a influenzare gli incantesimi di un'intera città».

Sospirai. «Fantastico, quindi questo non restringe affatto il campo».

Mia madre fece spallucce. «Forse no. Come per ogni cosa, dobbiamo capire il perché. Perché qualcuno dovrebbe voler interferire con gli incantesimi? E perché qualcuno dovrebbe voler causare queste tempeste?»

«Se ascolti il telegiornale, è solo una conseguenza del riscaldamento globale e del cambiamento climatico. Forse è solo quello».

«È certamente possibile. Tuttavia, questo non spiega i problemi con gli incantesimi che stiamo avendo qui a Charm Cove», rispose mia madre.

«Certo che no, ma se fosse solo un incidente? L'intero fiasco successo l'anno scorso con le margherite si è rivelato un incidente».

«Questa è sempre una possibilità». Mia madre sollevò la sua tazza di tè con un leggero sorriso.

CAPITOLO DIECI

«Lascia che veda», dissi, facendo un cenno verso le carte che Moira aveva sparso sul bancone nel retrobottega di Persnickety Potions & Gifts.

Mi fece scivolare davanti un foglio e continuò a esaminarne un altro. Aveva fotografato dei documenti presso la società di forniture degli Alden quando si era materializzata nei loro uffici durante la sua escursione a Portland. Stavamo esaminando le versioni stampate. Finora, si trattava per lo più di documenti d'ordine e cose simili.

«Anche se mi è stato utile materializzarmi lì, mi sto rendendo conto che probabilmente sarebbe più utile se chiedessimo a Gabriel di accedere illegalmente ai loro archivi», disse, riferendosi a suo fratello maggiore, esperto di informatica forense.

«Forse, ma questo ci dà un punto da cui partire. Hai già trovato qualcosa?», le chiesi.

Moira mi fece scivolare davanti due documenti fissati insieme con del nastro adesivo. Tracciò con la punta del dito una riga su ciascuno di essi. «Vedi, proprio qui. C'è l'ordine originale di un cliente. In questo, l'ordine sembra corretto, perché lo è. Il fatto è che modificano quello che spediscono e inviano una ricevuta di spedizione modificata. Proprio come quello che hai scoperto da Beauty Bewitched. Le modifiche sono abbastanza piccole da poter passare inosservate. Stanno sottraendo qualcosina da ogni ordine. Anche se sapevo che erano fuori per la giornata, non mi sentivo a mio agio a rimanere troppo a lungo negli uffici. Chiunque sarebbe potuto entrare, e non è che siano gli unici a lavorare lì».

Scorrendo i numeri, annuii. «Sì. È esattamente quello che hanno fatto con Beauty Bewitched. Ma, a parte questo, cos'altro stanno combinando e perché?».

«Segui i soldi», disse Moira mentre si scostava una ciocca di capelli scuri dagli occhi e se la infilava dietro l'orecchio.

«È esattamente ciò che ha detto mia madre. Come ti ho già detto, ha anche menzionato che la famiglia Alden ha poteri di interferenza magica che si tramandano di generazione in generazione. Certo, anche la famiglia di Frances ce li ha, ma mia madre non pensa che lei abbia abbastanza potere da fare molto».

«A parte i temporali, abbiamo avuto molte altre segnalazioni di problemi con gli incantesimi?», chiese Moira.

«Niente di grave, ma credo che tutti stiano facendo attenzione. È un po' difficile sapere se ci sono problemi con gli incantesimi quando la maggior parte delle persone è troppo preoccupata per lanciarne».

In quel momento, Delia fece capolino con la testa attraverso la tenda di perline dalla parte anteriore del negozio. «Abbiamo delle pozioni d'amore, là dietro?», chiese.

Moira mise da parte le carte e alzò lo sguardo verso le file e file di pozioni sullo scaffale dietro il tavolo dove eravamo sedute. Facendo scorrere il dito lungo uno scaffale, rispose: «Abbiamo un po' di *Love Will Find A Way*, ma questo è tutto. C'è una richiesta specifica?».

«Sono sicura che andrà bene», disse Delia mentre attraversava la tenda e si affrettava verso di noi, prendendo diverse bottiglie di pozioni che Moira le porgeva.

«Non eri tornata qui per lavorare su alcune pozioni?», chiese Delia prima di voltarsi.

Moira ammiccò. «Certo che sì. Juliette e io ci siamo un po' distratte. Dammi qualche minuto e ne avrò pronte altre».

Delia sorrise. «Grazie».

Dopo che Delia fu tornata di corsa nella parte anteriore del negozio, Moira mi guardò con una scrollata di spalle imbarazzata. «Era per questo che ero qui prima di chiamarti. Ti dispiace se lavoro a queste pozioni mentre parliamo? Se te la senti, puoi aiutarmi a lanciare qualche incantesimo per le pozioni».

Il negozio vendeva un certo numero di rimedi erboristici, che in realtà erano autentiche pozioni da strega mascherate sotto il popolare nome di "rimedio erboristico". Naturalmente, *erano* rimedi erboristici. Solo che erano intrisi di magia a sufficienza da farli funzionare straordinariamente bene. Proprio come tutti i prodotti che vendevamo da Beauty Bewitched.

«Felice di aiutare», risposi.

Moira si mise al lavoro per preparare i rimedi, e io mi assunsi il compito di lanciare incantesimi per ciascuna pozione. Le più popolari erano le pozioni d'amore.

«Potresti dare una piccola spintarella alle cose con Donovan, se volessi», mi prese in giro Moira mentre lavoravamo.

La guardai di sottecchi. «Assolutamente no. Le cose stanno andando perfettamente bene senza incantesimi di mezzo». Schioccai di nuovo le dita, proprio mentre mi rendevo conto di una cosa. «Ehi! Stiamo lanciando incantesimi e sta andando tutto bene».

Moira si bloccò mentre iniziava a versare il liquido per uno dei rimedi in un imbuto. «Oh, caspita. Hai ragione. Avevo il pilota automatico e ho iniziato senza pensarci».

«Mmm. Mi chiedo se quello che è successo e che ha mandato a monte gli incantesimi sia finalmente finito. Forse qualcuno ha bloccato ciò che lo causava».

Moira si strinse nelle spalle e riprese a versare la base per una pozione in una bottiglia di vetro decorativa, annuendo in segno di assenso. «Interessante. Non stiamo parlando esattamente di una città piena di streghe e stregoni dilettanti, quindi sono sicura che qualcuno avrebbe potuto capire come bloccarlo».

«Potrebbe anche essere stato un incidente. Specialmente con gli adolescenti che imparano a gestire i propri poteri, a volte ci sono degli incidenti. O come quello che è successo l'anno scorso con le margherite. Quelle due streghe non intendevano che la situazione sfuggisse di mano».

Moira ridacchiò. «Già, e Charm Cove è finita su tutti i notiziari come la Meraviglia Mondiale delle Margherite», disse, riferendosi al titolo conferito alla città per alcune settimane. Le margherite erano cresciute in modo assolutamente incontrollato a causa di una piccola e futile discussione e gli incantesimi avevano accidentalmente iniziato a moltiplicarsi. «Seriamente, però, i poteri di interferenza non sembrano un incidente».

Schioccai le dita verso la bottiglia che mi porse. Stavamo lavorando a una partita di *Love Makes the World Go Round*. «Giusta osservazione. Forse si è trattato semplicemente del tentativo di qualcuno di interferire con qualcosa di minore, ma poi la cosa è sfuggita di mano. Beatrice era piuttosto sospettosa riguardo a Frances».

Moira alzò gli occhi al cielo. «Lo so. Beatrice è venuta in negozio a parlarmene. Pensa che Frances sia un po' troppo rigida.»

«Non la conosco molto bene, ma quel giorno era decisamente un po' scontrosa. D'altronde, Beatrice ha interrotto il suo tentativo di creare problemi per alcuni orti comunitari che lei considerava concorrenza.»

«Frances ha fiutato un buon affare,» propose Moira. «Di certo, però, non può aspettarsi che la gente non cerchi di farle concorrenza. Per non parlare del fatto che gli orti comunitari e le fiere di giardinaggio settimanali sono comuni. Deve aspettarselo.»

«Tutti possiamo aspettarci che succedano delle cose, ma non sempre sono quelle che vogliamo noi.»

«Verissimo. Okay, passo a *Sei arrabbiato con qualcuno? Rompi questa bottiglia,*» disse Moira.

«Ho sempre adorato i nomi delle pozioni di questo posto,» risposi con una risatina.

Moira mi rivolse un sorriso. «È stata un'idea di Lea,» disse. Lea un tempo gestiva questo negozio. «Diceva che si vendono meglio quando i nomi sono espliciti e divertenti.» Moira sostituì la ciotola e i liquidi che usava come base per i rimedi erboristici, tirando fuori diversi barattoli dall'armadietto accanto a lei, che contenevano un'ampia varietà di ingredienti.

Una delle gemelle tornò indietro per prendere una scatola da regalo, interrompendoci brevemente per chiedere a Moira qualcosa riguardo alla richiesta di un braccialetto su ordinazione.

Moira stava rispondendo proprio mentre io facevo un gesto con le dita per lanciare un altro incantesimo. La bottiglia blu andò in frantumi e il rimedio liquido si rovesciò su tutto il bancone.

Celia sussultò. «Oh no! Pensavo che stesse andando tutto così bene.»

«Lo pensavamo anche noi,» risposi mentre Moira si chinava a prendere un rotolo di carta assorbente da uno scaffale accanto al tavolo.

«Stai attenta,» dissi mentre iniziava ad asciugare il liquido. «Non tagliarti con qualche pezzo di vetro.»

Celia guardò prima me e poi Moira, con un'espressione preoccupata. «Non devi preoccuparti,» dissi. «Vai ad aiutare i clienti, a pulire ci pensiamo noi. A quanto pare, qualsiasi cosa stia interferendo con gli incantesimi lo fa solo di tanto in tanto.»

«Sapete chi c'è di là?» chiese Celia.

«No, chi?» chiedemmo io e Moira all'unisono.

«Viola Alden. Non è la donna che sta per assumere la direzione della società di forniture?» chiese Celia.

«E tu che ne sai?» strinsi gli occhi.

Proprio in quel momento, la sorella maggiore delle gemelle, Emma, che era anche una delle mie cugine, entrò attraverso la tenda di perline. Chiaramente aveva sentito l'ultima parte della nostra conversazione. «Non hai ancora imparato che le gemelle scoprono tutto, Juliette?» chiese Emma mentre attraversava il retrobottega per appoggiare un fianco al tavolo accanto a me.

«Dovrei saperlo ormai,» risposi con un occhiolino.

«Probabilmente hanno sentito nostra madre parlarne ieri sera con nostro padre. Ho indovinato?» chiese, rivolgendo un sorriso a Celia.

Celia sorrise. «Che ci posso fare se ho un ottimo udito?»

«Immagino che tu non ci possa fare niente. Ora, torna di là e occupati dei clienti,» disse Moira, alzando gli occhi al cielo.

Celia si affrettò ad andarsene, quasi saltellando e chiaramente soddisfatta di sé.

«Cos'è successo?» chiese Emma, guardando il tavolo. Moira aveva accuratamente raccolto il vetro e il rimedio versato con una manciata di carta assorbente.

«Stavamo preparando delle pozioni e gli incantesimi funzionavano alla perfezione. Fino a questo,» spiegai, indicando il tavolo con un gesto della mano.

Emma annuì. «Volevo mandarvi un messaggio a tutte stamattina. Stavo sistemando alcune aiuole a casa dei miei, stamattina. Non ho avuto problemi con gli incantesimi fino all'ultimo. Volevo favorire la crescita di un cespuglio di Hosta. Invece, l'erbaccia di trifoglio è esplosa. È stato un danno da poco, ma una bella seccatura, perché ora devo estirparla. Non ho osato lanciare un incantesimo per annullare l'effetto. Temevo di poter causare problemi a quello che stavo cercando di aiutare,» spiegò Emma.

Emma aveva i miei stessi colori, con capelli scuri e occhi blu. Inarcò un sopracciglio scuro mentre guardava prima me e poi Moira. «Devo dire che, chiunque sia a causare tutto questo, è una vera rottura di scatole.»

«Puoi anche dire 'scatole',» disse Celia. Fece capolino dalla tenda di perline e fece una linguaccia alla sorella maggiore.

«Torna al lavoro,» la richiamò Moira.

Celia scomparve di nuovo, ma la sua risatina arrivò fino a noi.

«Sono così felice che sia tu il loro capo e non io,» scherzò Emma. «Sono passata per vedere se voi due volete trovarci da Enchanted Spirits stasera. Sono passate un po' di settimane. Ho visto Zoe e stasera ha già trovato chi le tiene i bambini.»

«Sono ammessi anche gli uomini?» chiese Moira.

«Certo. Jackson sarà lì con me,» rispose Emma, riferendosi al suo ragazzo. «Tu porterai Donovan?» Nei suoi occhi apparve una luce maliziosa quando guardò verso di me.

«Glielo chiederò di sicuro, ma non so se ci sarà.»

«Dirà di sì,» intervenne Moira.

«E tu che ne sai?» ribattei, dandole una gomitata.

Emma si intromise. «Piaci a quell'uomo. E tanto.»

«Beh, tu piaci a Jackson. E tanto,» risposi per le rime.

«E noi stiamo insieme, ufficialmente.»

«Sono abbastanza sicura che ora io e Donovan stiamo insieme ufficialmente.»

Emma sorrise. «Bene, allora vi vedo là?»

Moira guardò l'orologio. «Andiamo adesso. È quasi orario di chiusura. Ci vediamo là tra mezz'ora. Così ho il tempo di aiutare le gemelle a chiudere.»

«Hanno bisogno di un passaggio a casa?» chiese Emma mentre Moira si alzava.

«No, non ne hanno bisogno,» disse la voce di Lea mentre entrava nel retrobottega dalla tenda di perline. Si avvicinò a Emma e le diede un bacio veloce sulla guancia. «Sei così buona, ti assicuri sempre che le tue sorelline arrivino dove devono andare.»

Emma alzò gli occhi al cielo. «Mamma, certo che lo faccio.»

Proprio in quel momento, la porta sul retro del negozio si aprì e Camille, la madre di Moira, entrò di corsa. Si sbatté la porta alle spalle.

«Che succede?» chiedemmo io e Moira, quasi all'unisono.

CAPITOLO UNDICI

Del solito contegno calmo e posato di Camille non c'era traccia. Aveva gli occhi sbarrati mentre si affrettava verso di noi. «C'è una *grossa* tempesta di fulmini e un tornado dall'altra parte della città.»

«Cosa?»

«Eh?»

«Dici sul serio?»

Le nostre domande si accavallarono.

Camille annuì semplicemente. «Certo che dico sul serio. È proprio vicino al parco eolico che hanno iniziato a costruire il mese scorso.»

In quel momento si sentì un suono forte e assordante. I nostri telefoni iniziarono a squillare contemporaneamente con il sistema di allerta di emergenza della città. Emma aveva il suo in mano e premette subito il pulsante del vivavoce.

Questo è un avviso di emergenza dal sistema di allerta di Charm Cove. Condizioni meteorologiche pericolose sono attualmente presenti nella zona nord della città, con l'avvistamento di un tornado e venti pericolosi. Si raccomanda ai residenti di mettersi al riparo dove si trovano e di non tentare di spostarsi. I residenti devono rimanere al loro posto e rifugiarsi negli scantinati, se disponibili.

Ci scambiammo un'occhiata. «Non credo che ci incontreremo all'Enchanted Spirits», commentò Moira.

«Rimaniamo qui?», chiesi.

«Chiudo il negozio e penso che dovremmo scendere tutti in cantina. Dovremmo anche chiamare tutti quelli che conosciamo e dire loro di non muoversi, nel caso non abbiano visto o sentito l'avviso», disse Moira in fretta. Era già al telefono con Liam mentre si affrettava verso l'ingresso.

Chiamai Donovan solo per scoprire che stava arrivando dietro al negozio perché aveva visto la mia macchina. «Allora entra», dissi, sbirciando dalla porta sul retro e guardando il cielo minaccioso. Era grigio scuro, quasi viola, e dall'aspetto rabbioso. Potevo sentire il brontolio lontano dei tuoni e il sibilo dell'aria che vorticava mentre il vento si alzava.

Il centro di Charm Cove si trovava a ben otto chilometri dal luogo della tempesta e del tornado segnalati, ma con il vento che soffiava, non era poi così lontano.

L'auto di Donovan si fermò di colpo e lui balzò fuori, correndo attraverso il parcheggio posteriore proprio mentre il veicolo di Liam arrivava stridendo dietro di lui. Aspettai vicino alla porta mentre loro due correvano verso di me, rifugiandosi all'interno proprio quando grosse gocce di pioggia cominciarono a cadere dal cielo.

Mentre Lea ci indicava l'ingresso della cantina, ci affrettammo tutti di sotto dopo che Moira ebbe chiuso a chiave tutto sul davanti. Anche i clienti che si trovavano nel negozio si unirono a noi, inclusa Viola Alden. Sembrava piuttosto tranquilla riguardo a tutta la faccenda, totalmente composta, proprio come quando l'avevo vista a pranzo l'altro giorno.

In pochi minuti, eravamo tutti giù nella cantina sotto il Persnickety Potions & Gifts. Il brontolio del tuono e lo schianto dei fulmini ci raggiungevano anche lì.

Delia e Celia si erano prontamente dedicate al compito di rendere in qualche modo confortevole lo spazio. Insieme alle gemelle, a Lea, Camille, Moira, Emma, Viola, Donovan, Liam e a me, c'erano anche quattro clienti con noi, il che rendeva la cantina piuttosto affollata. Fortunatamente, lo spazio era pulito e organizzato. Considerando che questo edificio aveva qualche secolo, era davvero notevole.

Come molti vecchi edifici di questa zona, la cantina era scavata nel granito, con tanto di fossati incisi nella roccia per far defluire l'acqua. Ogni tanto, mi veniva ricordato che i nostri antenati erano forse più intelligenti di noi in fatto di pianificazione. Con quei drenaggi naturali scavati al suo interno, era improbabile che la cantina si allagasse. Quel piccolo dettaglio di progettazione era comune a molte vecchie case della zona.

«Ecco fatto», disse Celia con soddisfazione mentre scostava un piccolo divano dalla parete, facendo cenno ai clienti di sedersi lì. C'erano un sacco di sedie pieghevoli e le gemelle crearono un piccolo cerchio con le sedute, come se si trattasse di un qualche tipo di incontro sociale organizzato.

Lea rivolse un sorriso affettuoso alle sue figlie gemelle e si portò una mano ad aggiustare la bacchetta che le teneva fermo lo chignon. «Grazie, ragazze. Se dovremo rimanere quaggiù a lungo, abbiamo anche degli spuntini», disse, indicando un armadietto contro il muro.

«Abbiamo degli spuntini?», chiese Liam.

Moira sorrise sedendosi su una delle sedie pieghevoli accanto a lui. «Certo che li abbiamo. Non ti entusiasmare troppo. Non è niente di eccezionale, solo qualche cracker e della frutta secca.»

Donovan si sedette accanto a me, commentando: «Non credo che dovremo aspettare qui sotto a lungo.»

Viola si sedette di fronte a me. Accavallò le gambe e sollevò una spalla sottile con un'alzata di spalle. «Difficile a dirsi. Questo tempo è davvero molto strano.»

Avrei voluto che non ci fossero i clienti con noi, perché avevo qualche domanda sulla magia e sugli incantesimi per Viola, ma non era assolutamente il momento di parlarne.

Una delle clienti intervenne. «Questo tempo è *così* strano. Ma d'altronde, il tempo sembra essere stato strano ovunque. Pensi che la settimana scorsa ci sono stati sei tornado in Kansas in una sola settimana. Certo, i tornado sono più comuni lì, ma sembrano davvero tanti.»

Un'altra cliente aggiunse: «E tutti quegli incendi l'anno scorso nel West.» Fece una smorfia di disapprovazione. «Chi lo sa cosa sta succedendo? Devo dirti però che spero proprio che quest'estate non sia calda come la scorsa.»

Moira chiese educatamente: «Signore, siete della zona?»

«Beh, se considera Boston come la zona, allora sì. Non viviamo nel Maine, ma veniamo quassù ogni anno per fare shopping e visite. Persnickety Potions & Gifts è uno dei nostri posti preferiti», rispose una delle donne.

A quelle parole, Lea era a dir poco raggiante. «Oh, ci fa un immenso piacere sentirvelo dire! Spero proprio che abbiate visitato anche Beauty Bewitched. È un negozio un po' gemellato con il nostro qui a Charm Cove».

«Ma certo che ci siamo state!» esclamò un'altra cliente del gruppo. «Sono i nostri due negozi preferiti di Charm Cove. Qui compriamo gioielli e regali e lì andiamo per gli incredibili prodotti di bellezza».

Una delle donne si diede dei colpetti sulla guancia. «Sono abbastanza convinta che la lozione per il viso di Beauty Bewitched mi abbia davvero ringiovanita».

A questo punto intervenne Viola, commentando: «Siamo uno dei fornitori delle loro lozioni base».

Viola e le donne si lanciarono in una breve conversazione sui benefici dei vari prodotti, con Viola che decantava le meraviglie dei prodotti vegani. Il gruppo ammutolì all'unisono quando fummo tutte interrotte da un forte sibilo proveniente dall'esterno e dallo schianto di un tuono terribilmente vicino, seguito immediatamente da un lampo così abbagliante che saettò attraverso le strette finestre in cima alle pareti del seminterrato.

Donovan e Liam si alzarono insieme, dirigendosi a grandi passi verso le finestre. Quelle finestre offrivano un'ottima vista del marciapiede e poco altro.

Mi alzai e attraversai di corsa il seminterrato. Quando raggiunsi Donovan, la sua mano si strinse attorno alla mia. La sua stretta calda era rassicurante. «Cosa si vede?» chiesi. Anche mettendomi in punta di piedi, non ero abbastanza alta da riuscire a vedere granché.

«Sembra che quel tornado possa essere diretto proprio verso il centro» rispose lui, con voce tesa.

Le gemelle ansimarono forte all'unisono. «Siamo al sicuro?» esclamò Celia.

«Andrà tutto bene?» chiese Delia, con le voci che si accavallavano.

Liam lanciò un'occhiata alle sue spalle, rispondendo: «Dovremmo essere tutti al sicuro qui dove siamo».

Moira si affrettò a raggiungerci. «Speriamo solo che passi in fretta e non faccia danni».

Le quattro clienti avevano un'espressione a metà tra l'eccitazione e la paura, così come le gemelle. Nel frattempo, Emma si era spostata per sedersi accanto alle sorelle. Quelli tra noi che erano streghe e stregoni si scambiarono un'occhiata silenziosa. A eccezione di Viola, ovviamente.

C'era qualcosa di molto strano in tutta quella faccenda e avrei voluto avere un'idea di cosa stesse succedendo. Per caso, mi capitò di guardare verso Viola e la vidi sollevare la mano, muovendo brevemente la punta delle dita verso le finestre. A un osservatore casuale, sarebbe potuto sembrare che si stesse semplicemente sistemando il braccialetto al polso, perché fu proprio quello che fece subito dopo.

Quando tornai a guardare verso le finestre, Moira intercettò il mio sguardo, inarcando un sopracciglio scuro. Chiaramente, aveva appena assistito alla mia stessa scena. Nel giro di pochi minuti, il sibilo del vento e il brontolio del tuono si placarono lentamente. Il sole spuntò all'improvviso tra le nuvole e proiettò la sua luce attraverso le finestre.

«È già finito?» chiese Celia, alzandosi dalla sedia.

«Pare di sì» rispose Lea.

Quando mi capitò di lanciare un'occhiata nella sua direzione, capii all'istante che anche lei aveva visto ciò che aveva fatto Viola.

Trascorsero alcuni istanti e, quando fu chiaro che il temporale era finito, salimmo tutti di sopra a grandi passi, con le clienti piuttosto eccitate per la serie di eventi. Dato che stavano ancora facendo acquisti, non era il caso di metterci a chiacchierare della faccenda per il momento. Pertanto, tornammo al nostro piano di vederci presto a cena da Enchanted Spirits.

CAPITOLO DODICI

«L'ho vista chiaramente, so cosa ha fatto,» disse Emma mentre si sporgeva verso il centro del tavolo per avvicinare la ciotola di salsa di granchio e metterne un po' su un piatto.

«Aspetta un attimo,» la interruppe Donovan. «Quindi tutti e tre l'avete vista fare qualcosa con la mano che siete abbastanza sicuri fosse un incantesimo?» Il suo sguardo rimbalzò tra di noi.

Moira, Emma e io annuimmo all'unisono. Commentai: «Assolutamente sì. So riconoscere quando qualcuno sta solo giocherellando con un braccialetto e quando invece sta lanciando un incantesimo. Subito dopo che l'ha fatto, il tornado che si stava dirigendo dritto verso il centro di Charm Cove è sparito. Puff. E poi è spuntato quel dannato sole.»

Moira bevve un sorso dalla sua birra, guardando Liam. «Voi non l'avete vista?»

Liam scosse la testa, mentre Donovan rispose: «Ovviamente no. Stavamo cercando di vedere cosa stesse succedendo fuori.»

«Quello che dobbiamo scoprire è il perché,» rifletté il fratello di Moira, Gabriel.

«Esatto. Non ho dubbi che abbia lanciato una sorta di incantesimo, ma non ho idea del perché,» dissi.

«Sto cercando di mettere insieme i pezzi per capire se tutta questa stranezza possa avere a che fare con le questioni finanziarie che abbiamo notato,» disse Moira.

«Puoi spiegarci questa faccenda finanziaria?» chiese Emma.

«Per prima cosa, ho notato delle discrepanze mentre confrontavo ciò che avevamo ordinato da loro tramite Bellezze Incantate con ciò che avevamo effettivamente ricevuto. Stavano modificando la bolla di fornitura in modo che non sembrasse mancare nulla. In pratica, Opal ordinava e pagava un po' di più di quello che riceveva ogni volta, da circa due anni,» spiegai.

«Sono andata a fare qualche ricerca nei loro uffici l'altro giorno, dato che sapevo che erano qui in zona. Io e Liam dovevamo già andare a Portland per delle commissioni, quindi è stato comodo. Non ho ancora controllato tutto quello che abbiamo trovato, ma ho riscontrato alcune situazioni simili. Nell'anno da quando Viola ha preso in mano la gestione, ha sottratto furbescamente piccole somme qua e là da alcuni fornitori,» disse Moira scuotendo la testa.

«Non è così furba,» la interruppi. «È stato abbastanza facile da scoprire, ma bisogna cercare. Fa affidamento sui buoni rapporti di lunga data che hanno con alcune vecchie aziende e si aspetta che la gente non controlli. Onestamente, se non avessi preso io in mano la contabilità e non avessi ricontrollato tutto per assicurarmi di essere sulla strada giusta, avrei potuto non accorgermene per molto più tempo.»

«Forse c'entra qualcosa anche con questi eventi meteorologici,» disse Donovan. «Ma non sappiamo davvero se le due cose siano collegate. Non sappiamo nemmeno se sia collegata ai problemi di interferenza con gli incantesimi.»

Emma fece spallucce. «No, non lo sappiamo. Tranne per il fatto che l'interferenza magica e gli strani eventi meteorologici stanno accadendo contemporaneamente. La tempistica è probabilmente più di una coincidenza.»

«Che tipo di potere ci vuole per fare cose con il tempo?» chiese Jackson dal fianco di Emma.

«È una combinazione di poteri elettrici e meteorologici,» dissi. «Mia madre sta già facendo ricerche sulle famiglie che hanno poteri di interferenza. A quanto pare, deve aggiungere alla sua ricerca anche i poteri meteorologici ed elettrici.»

«Direi di sì,» disse Nathan Good avvicinandosi al nostro tavolo. «C'è posto per me?»

«Un posto lo troviamo sempre,» rispose Donovan, avvicinando la sua sedia alla mia. Gabriel fece lo stesso dall'altro lato di Donovan, mentre Nathan prese una sedia vuota da un tavolo vicino.

«Dov'è Edie?» chiese Moira mentre Nathan si sistemava, afferrando prontamente una fetta di pane appena sfornato e spalmandoCi sopra la salsa di granchio. Ne prese un morso e masticò prima di rispondere. «È andata a trovare i suoi genitori. Starà via una settimana.»

«Ti manca?» chiese Liam con un occhiolino.

Nathan si strinse nelle spalle, senza scomporsi. «Certo che mi manca. Esattamente come Liam con Moira se lei va fuori città.»

Il sorriso di mio fratello si allargò e passò un braccio sulle spalle di Moira. «Verissimo.»

«Tornando all'argomento principale. Dobbiamo capire cosa sta combinando Viola e perché,» disse Emma.

«È qualcosa di cui dovremmo parlare con Daniel?» domandai, guardando verso Zoe.

Zoe alzò le mani e le lasciò ricadere. «E io che ne so? Solo perché sono sposata con il capo della polizia non significa che sappia su cosa vuole indagare. Ma il tempo non rientra assolutamente nella sua giurisdizione. Se qualcuno vuole che indaghi sulla questione finanziaria, be', quello è un altro discorso. Immagino sia una sorta di reato. Furto, probabilmente.»

«Stasera parlerò con mia madre per indagare sulle famiglie con poteri meteorologici ed elettrici. Credo che abbia senso che Opal e tutti gli altri da cui hanno rubato decidano cosa vogliono fare al riguardo,» proposi.

«Non credo che nessuno vorrà agire troppo in fretta, almeno non da queste parti,» commentò Gabriel.

«È quello che pensavo anch'io,» concordò Liam. «Se la questione dei soldi ha a che fare con quello che sta succedendo con il tempo e i problemi con gli incantesimi, di certo non vogliamo metterla in allarme.»

«O forse sì,» suggerì Donovan.

«Dici sul serio?» lo guardai.

Lui alzò le spalle. «Il tempismo deve essere giusto, ma sì. Di certo non credo che questo sia il momento, ma quando avremo un'idea più chiara di cosa stia succedendo, un po' di pressione potrebbe aiutare».

In quel momento, la nostra cameriera arrivò con il cibo. Tra quella pausa e l'inizio del pasto, la conversazione si spostò da quell'argomento finché non si presentò Viola.

«Che ci fa lei qui?» chiese Moira quando Viola attraversò il locale.

«E chi è quello con lei?» aggiunse Emma.

«Non fissiamola tutti quanti» mormorai mentre mi giravo, sorridendo e alzando una mano in un cenno di saluto per mascherare il mio tentativo di vedere chi fosse con Viola.

Viola ricambiò il saluto, rivolgendomi un sorriso tirato. Considerando che ogni suo sorriso che avevo visto era tirato, la cosa non significava nulla. Mentre attraversava il locale e si dirigeva verso il lato opposto della sala, ben fuori dalla portata delle nostre voci, mi voltai di nuovo. «Non riconosco l'uomo che è con lei. Qualcuno sa chi sia?»

Zoe si mise in bocca un anello di cipolla, annuendo in segno di assenso prima di rispondere: «Neanch'io, ma non mi è nuovo».

«Pensate che siano a un appuntamento?» ci chiese Nathan mentre arraffava una manciata di anelli di cipolla.

«Cavolo, amico, non prendere tutto il cestino» disse Liam, dando una gomitata a Nathan.

Nathan non si scompose e si limitò a fare spallucce, indicando l'altro cestino di anelli di cipolla. «È per questo che ne abbiamo presi due. Possiamo sempre ordinarne altri».

«Per rispondere alla tua domanda» esordì Moira, «non credo proprio che siano a un appuntamento. Lui è abbastanza grande da poter essere suo padre, forse persino suo nonno».

Dato che Viola ci dava le spalle quando diedi di nuovo un'occhiata, colsi l'attimo per studiare l'uomo al suo fianco. Era corpulento, con i capelli grigi e un viso segnato dalle intemperie. Sembrava un uomo che aveva vissuto la sua vita vicino all'oceano, consumato da giornate di aria salmastra e sole. Mi era un po' familiare, ma non riuscivo a inquadrarlo.

Voltandomi di nuovo, aggiunsi: «Giurerei di averlo già visto. O è solo una mia impressione?»

Donovan bevve un sorso di birra prima di rispondere: «L'ho già visto. Il che è abbastanza strano, considerando che non sono in città da molto da quando sono tornato. Sono quasi certo che vivesse in fondo alla nostra strada quando sono cresciuto qui. Intendiamoci, avevo sei anni quando ci siamo trasferiti, quindi la mia memoria non è certo impeccabile. Ma lo riconosco senza dubbio. Stasera chiamerò i miei genitori per vedere se si ricordano chi viveva nella nostra strada a quei tempi».

«Ammesso che sia qualcuno che viveva sulla tua strada, dov'era la sua proprietà?» chiese Zoe.

Donovan tamburellò con le dita sul tavolo, prima di rispondere: «Il motivo per cui me lo ricordo è che la sua proprietà era accanto a una via d'accesso a una vecchia cava dove andavamo a nuotare. Da lì partiva un sentiero che arrivava fino all'oceano. Anche se la proprietà della mia famiglia si trova su una scogliera proprio vicino all'oceano, non è una passeggiata facile scendere fino alla spiaggia. È troppo ripida e rocciosa. Quand'ero bambino, usavamo spesso quel sentiero per arrivare all'acqua. Passa proprio accanto alla sua proprietà e si estende fino al punto in cui stanno costruendo il nuovo parco eolico».

CAPITOLO TREDICI

Un incantesimo burrascoso per Charm Cove

Il tempo a Charm Cove è stato tutt'altro che piacevole nelle ultime settimane. C'è stato persino il raro avvistamento di un tornado vicino alla spiaggia, nei pressi del cantiere per il parco eolico. Le notizie indicano che ci sono stati alcuni danni alla costruzione, ma il direttore dei lavori si è rifiutato di permettere ai giornalisti di visitare il cantiere.

È questo il presagio di un tempo ancora più avverso per la nostra cittadina? L'ultimo tornado avvistato qui risale a più di cento anni fa. Come la maggior parte dei residenti, anche noi de The Ink Spot speriamo che questo periodo burrascoso per la primavera sia solo un caso. Forse le presunte streghe e stregoni della città potrebbero lanciare un vero incantesimo e far sparire tutto?

Chiusi il settimanale e feci un respiro profondo. *The Ink Spot* era di proprietà della famiglia Bishop, una famiglia con molte streghe e stregoni tra le varie generazioni. Per molti anni, l'unico giornale della città aveva raramente alluso ai presunti (e verissimi) abitanti magici di Charm Cove. Eppure, dopo il fiasco delle margherite dell'anno scorso, i proprietari avevano iniziato a prenderla alla leggera. Non ero ancora sicura di cosa pensare di quell'approccio. Certo, le voci su Charm Cove si erano sempre sprecate, quindi supponevo che parlarne apertamente potesse smorzare quel fondo di verità.

Alzandomi dalla scrivania del mio ufficio, uscii. Ero passata a lasciare Sunshine prima di andare a prendere un caffè e avevo deviato dal mio programma quando avevo visto il giornale sulla mia scrivania con quel titolo. Sunshine stava già sonnecchiando beatamente in un angolo soleggiato del mio ufficio. Aveva passato la notte da Donovan, ma lui aveva degli operai che dovevano lavorare in casa, quindi per oggi stava con me.

Era ancora presto, con il sole appena abbastanza alto nel cielo da far iniziare a dissipare la rugiada sull'erba. Gli ultimi giorni erano stati fortunatamente privi di tempeste. Stavo attraversando il parco cittadino per andare da Magic Beans a incontrare Opal quando sentii chiamare il mio nome. Lanciando un'occhiata alle mie spalle, vidi Beatrice che mi salutava con la mano mentre camminava a passo svelto verso di me. Il suo gruppo di camminata veloce continuò a passo spedito mentre lei si staccava per raggiungermi all'incrocio di uno dei vialetti d'ardesia.

«Buongiorno, Juliette» disse, a malapena senza fiato nonostante il passo veloce.

«Buongiorno, Beatrice» risposi, pensando in silenzio che con quel suo livello di energia riusciva a farmi sentire vecchia. Eccomi lì, con i capelli raccolti in una coda di cavallo disordinata e ansiosa di prendere il caffè per sentirmi un po' più sveglia a quell'ora del mattino. «Come stai oggi?»

Beatrice annuì. «Molto bene» rispose, alzando una mano per passarsela tra i capelli argentati. «Ho pensato di farti sapere che Frances è stata sorpresa a tentare di lanciare un incantesimo mortale su un altro giardino.» Beatrice strinse le labbra e scosse la testa, chiaramente offesa dalla cosa.

«Davvero?» chiesi, sinceramente sorpresa di sentirlo. Visto il loro ultimo incontro, avrei pensato che Frances avesse più buonsenso.

«Davvero» disse Beatrice con un cenno deciso. «Ancora una volta, non sembra avere problemi con le interferenze magiche.»

«Sei tu che l'hai sorpresa?»

«Stavolta no. È stata Bets Baker» disse, riferendosi alla madre di Zoe. Bets gestiva da anni una piccola attività di giardinaggio. La sua attività andava a gonfie vele ben prima che Frances si mettesse a cercare di capitalizzare sulla tendenza del chilometro zero.

«Frances ha cercato di uccidere uno dei giardini di Bets?» Ero piuttosto scioccata. Era un gesto sventato e sconsiderato, a dir poco. Bets era una strega potente, e non una con cui scherzare.

Un sopracciglio argentato si inarcò mentre Beatrice annuiva. «Proprio così. Una mossa non molto intelligente. Bets è persino andata a parlarne con Daniel alla stazione di polizia.»

«E lui cosa farà? Voglio dire, ovviamente, è suo genero e farebbe di tutto per aiutarla in ogni modo possibile. Ma non è che può denunciare qualcuno per aver lanciato un incantesimo.»

«Non credo che Bets voglia che la denunci. Credo che voglia mettere in chiaro che è un comportamento inaccettabile, quindi gli ha chiesto di andare a parlare con Frances. Senza contare che, se queste cose continuano, forse ci sarà qualcosa per cui Daniel potrà accusarla.»

«Beh, la faccenda si fa interessante. Sappiamo come ha reagito Frances quando Bets l'ha affrontata?»

Beatrice alzò gli occhi al cielo. «Oh, sì. Sostiene che Bets abbia frainteso quello che ha visto. Ho solo pensato che tutti dovessero saperlo, così possiamo tenere d'occhio Frances. Devo raggiungere il mio gruppo. Ci vediamo più tardi.»

Detto questo, Beatrice si girò e si allontanò a passo svelto mentre la salutavo. A un'andatura più composta, attraversai la strada verso Magic Beans. Dopo aver preso il caffè, mi diressi all'angolo dove Opal mi stava già aspettando.

«Buongiorno» dissi, raggiungendo il piccolo tavolo rotondo.

Lei alzò lo sguardo con un sorriso e si sistemò gli occhiali sul naso. «Buongiorno, cara. Sono arrivata un po' in anticipo perché mi ha accompagnata Theo.»

Theo era suo marito. Erano dolcissimi insieme, soprattutto considerando che erano sposati da una quarantina d'anni e si adoravano ancora. Scivolando sulla sedia di fronte a lei, ricambiai il suo sorriso.

Rimanemmo sedute in silenzio per qualche minuto, mentre io sorseggiavo il caffè e davo un morso allo scone che Opal mi aveva fatto scivolare sul tavolo.

«Sono giorni che non abbiamo un incidente tempestoso. Posso solo sperare che Viola abbia smesso con le sue assurdità» commentò Opal.

«Quindi pensi davvero che sia stata Viola?»

«Ne sono certa. Dopo quello a cui avete assistito tutti durante il culmine della tempesta in centro, sono abbastanza sicura che sia lei la responsabile di questo tempo strano. In più, c'è quello che ha scoperto tua madre.»

«Solo perché ha scoperto che la madre di Viola proviene da una famiglia con poteri climatici non significa che Viola abbia lo stesso potere» ribattei.

Quando Opal mi fulminò con il suo sguardo acuto e le labbra serrate, feci spallucce. «Ok, è certamente una prova forte. Ma a parte questo, per quale motivo?»

«È proprio di questo che volevo parlare. Ho chiesto a Camille di fare delle ricerche sulle vendite immobiliari e ha scoperto che gli Alden possiedono una proprietà vicino al parco eolico e alla vecchia compagnia elettrica. Prima che la loro azienda si espandesse fino a Portland, la famiglia viveva in quella zona.»

«Sapevamo che avevano investimenti in entrambe le compagnie, ma non sapevo della proprietà.» Staccai un pezzetto del mio scone e me lo misi in bocca.

«Non i genitori di Viola, ma i suoi nonni. Ho chiesto a Camille di indagare perché ero curiosa di sapere perché qualcuno potrebbe voler creare una tempesta sul parco eolico. Ha certamente danneggiato parte della costruzione, ma non troppo.»

«La cosa logica sarebbe che volessero sabotare il progetto del parco eolico» proposi.

«Esatto, ma possiedono una partecipazione in entrambi. È un po' confusionario, se vuoi il mio parere. Sono sicura che abbiano guadagnato un sacco di soldi nel corso degli anni con investimenti passivi nella vecchia compagnia elettrica.»

Riflettei su questo mentre davo un altro morso al mio scone. «Non vedo come potremo scoprirlo. Una cosa su cui possiamo agire, però, è il furto tramite gli ordini. Hai già deciso se vuoi parlare con Daniel?»

Opal sospirò. «Probabilmente dovrei. Tuttavia, ciò significa contattare le altre aziende. Non so come mi sento all'idea di agitare le acque in questo modo.»

«Io dico di iniziare con Daniel e lasciare che sia lui a gestire la cosa da lì.»

«Allora perché non vieni laggiù con me? Dobbiamo decidere cosa fare con i nostri ordini da loro. Il prossimo è in scadenza e sono sicura che sperano che aumenteremo le quantità. Siamo state così impegnate che l'abbiamo fatto quasi ogni anno.»

«Riesci a trovare un altro fornitore per i prodotti di base con così poco preavviso?»

Opal fece un respiro profondo e scosse la testa. «Non lo so. Il mio sospetto è che i genitori di Viola non abbiano idea di cosa stia succedendo. Mi si spezza il cuore al pensiero che scoprano cosa sta facendo.»

«Lo so» dissi con una leggera smorfia.

«Andiamo a parlare con Daniel» disse Opal con fermezza, alzandosi dal tavolo. «Questo mi impedirà di essere così esitante.»

Mi alzai, caffè in mano, e camminai con lei fino alla Stazione di Polizia di Charm Cove. La mattina di inizio primavera era tranquilla e serena. Gli uccelli svolazzavano tra gli alberi mentre costeggiavamo il parco cittadino, i loro cinguettii e richiami fornivano un sottile rumore di fondo. Il sole stava sorgendo, dipingendo l'orizzonte con una delicata tonalità di rosa.

La Stazione di Polizia di Charm Cove si trovava a un angolo della piazza, un imponente edificio squadrato di granito. Anche se era molto presto, non avevo dubbi che Daniel sarebbe stato lì. Salimmo le scale e aprimmo la porta per entrare nell'area di attesa.

Anna Goodness, l'addetta alla reception e una strega di un'antica branca della famiglia Good, alzò lo sguardo dalla sua scrivania. «Buongiorno, Juliette e Opal. Cosa vi porta qui stamattina?»

Opal si fermò davanti alla scrivania, lisciandosi inconsciamente i capelli già in ordine con una mano. «Buongiorno, Anna. È sempre un piacere vederti. Come stai stamattina?»

«Sto molto bene» rispose Anna con un lieve cenno del capo.

«Speriamo di poter parlare con Daniel per una questione. Non è niente di urgente, quindi se è occupato, possiamo aspettare» spiegò Opal.

Potevo vedere le domande vorticare negli occhi di Anna. «È qui. Lo chiamo subito.»

Anna sollevò la cornetta del telefono sulla scrivania e premette un pulsante. Dopo un istante, disse: «Sì, Daniel, ci sono Opal e Juliette Good che vorrebbero vederti, se hai qualche minuto». Annuì a qualcosa che lui disse prima di riporre la cornetta. «Sta arrivando.» Premette un pulsante sulla sua scrivania. «Potete entrare nel corridoio. Sono sicura che sarà lì tra un secondo.»

«Grazie, Anna» dissi, proprio mentre Daniel apriva la porta accanto a noi.

«Buongiorno, signore» disse Daniel educatamente, le rughette agli angoli degli occhi castani che si formavano con il suo sorriso.

«Ciao, Daniel» dissi mentre ci teneva la porta aperta.

«Buongiorno, Daniel» rispose Opal mentre gli passavamo davanti per entrare nel corridoio.

«Andiamo nel mio ufficio, così potrete dirmi cosa vi porta qui» disse, facendoci cenno di precederlo lungo il corridoio.

Una volta nel suo ufficio, non appena ebbe chiuso la porta, Opal andò dritta al punto. «Abbiamo un problema finanziario.»

Daniel aggirò la sua scrivania, si sedette e sollevò un tablet per sbloccare lo schermo mentre ci guardava. «Un problema finanziario?» domandò.

«Non è niente di enorme. Si tratta di un distributore che ruba modificando i nostri ordini. Sospettiamo che stia accadendo a diversi dei loro clienti. Immagino che sia una specie di reato, giusto?» chiesi.

«Certo che è un reato. Il furto, non importa quanto piccolo, se sommato può diventare una grossa cifra» rispose Daniel. «Datemi qualche informazione in più.»

Opal si lanciò in una spiegazione, concludendo con: «Pensiamo anche che Viola abbia qualcosa a che fare con tutte queste strane tempeste.»

Daniel annuì, senza sembrare sorpreso. «Zoe mi ha accennato a questo sospetto. Stavo aspettando di vedere se qualcuno mi avrebbe chiesto di fare qualcosa al riguardo, ma non posso. Il tempo non è di mia competenza» disse con tono secco.

Opal socchiuse gli occhi. «Certo che capiamo che il tempo non è di tua competenza, Daniel. Ma se lo sta facendo di proposito, non rientrerebbe nella distruzione di proprietà o qualcosa del genere?»

Daniel si appoggiò allo schienale della sedia, passandosi una mano tra i capelli castani. «Suppongo di sì. Ma dovrebbe essere qualcuno la cui proprietà è stata effettivamente danneggiata a sporgere denuncia. Per quanto ne so, l'unico danno reale subito la settimana scorsa durante quella tempesta è stato al progetto del parco eolico.»

«Immagino che dovremo aspettare e vedere cos'altro succede» disse Opal.

«Riguardo a questa faccenda, però, a chi altro sospettate sia successo?» chiese Daniel.

Opal riassunse prontamente l'elenco degli altri conti. Sebbene non avessi ancora avuto il tempo di esaminare tutti i documenti che Moira aveva trovato nella sua incursione nei loro uffici, rimasi sorpresa dalla rapidità con cui Opal snocciolò la lista.

Lanciandole un'occhiata quando si fermò, commentai: «Wow, forse conosci le loro attività meglio di loro stessi».

Daniel sorrise scuotendo la testa.

Senza scomporsi, Opal fece un'elegante alzata di spalle. «Certo che le conosco. Gestisco Beauty Bewitched da più di trent'anni, ormai. Ho una certa familiarità con tutte le altre attività che potrebbero considerarsi nostra concorrenza».

«Non sapevo che Beauty Bewitched avesse dei concorrenti, con tutta la magia che mettete nei vostri prodotti» scherzò Daniel.

«Mi tengo aggiornata su ogni posto con cui siamo in competizione. Cerchiamo tutti di collaborare, ma non sono una stupida. So che la gente vorrebbe sapere cosa facciamo così bene. Anche se, devo dire, penso che i nostri prodotti si venderebbero piuttosto bene con o senza magia. Sono orgogliosa di crearli alla perfezione» disse Opal, sollevando il mento.

In quel momento, squillò il telefono sulla scrivania di Daniel. «Devo rispondere. Scusatemi un minuto». Sollevò la cornetta, rispondendo a un paio di cose che presumo gli stesse dicendo Anna Goodness, prima di allontanarla dalla bocca e rivolgersi a noi. «È una segnalazione. Se per voi due non è un problema, darò seguito a queste informazioni e vi terrò aggiornate se scopro qualcosa di interessante. D'accordo?»

Mi alzai in piedi insieme a Opal. «Certo che capiamo. Non è una questione di vita o di morte. Tienici aggiornate, e noi faremo lo stesso» disse lei in fretta.

Feci un cenno di saluto a Daniel e mimai con le labbra un «Grazie» mentre lasciavamo l'ufficio. Una volta fuori, diedi un'occhiata a Opal. «Vado a incontrare Moira. Ha detto che oggi pomeriggio ha tempo per farmi dare un'occhiata alle informazioni contabili che ha trovato. Vorrei fare qualche controllo incrociato».

«Fai pure. Io per ora vado al negozio». Opal mi diede un rapido bacio sulla guancia e si allontanò a passo svelto in direzione di Beauty Bewitched, mentre io mi diressi verso Persnickety Potions & Gifts.

CAPITOLO QUATTORDICI

Feci scorrere il dito lungo la riga di un foglio di calcolo. Per quanto i computer fossero utili per la contabilità, quando si trattava di cose come questa, avevo bisogno dell'esperienza tattile di assicurarmi che tutto fosse allineato. Le copie cartacee per me erano molto più utili.

«Devo dire che hai fatto un ottimo lavoro quel giorno», dissi, lanciando un'occhiata a Moira.

Eravamo nel retrobottega del Persnickety Potions & Gifts. Lei era seduta a un'estremità di un ampio tavolo da lavoro, intenta a misurare con cura dei rimedi erboristici. Io ero seduta all'altra estremità ed esaminavo tutte le fotografie stampate che Moira aveva scattato quando si era teleportata negli uffici commerciali degli Alden a Portland.

Alzò lo sguardo con un sorriso. «Cerco di essere scrupolosa. Tra l'altro, pensavo di avere più tempo del solito in quelle situazioni. Sapevo che erano con te e che i loro uffici erano chiusi. È stato comodo. Sono andata dritta dove mi avevi suggerito tu negli schedari, ai conti attivi».

«A quanto pare, da quando ha preso il comando Viola, ha gradualmente sottratto somme sempre maggiori, perlopiù alle piccole imprese a conduzione familiare. Sono fornitori per un paio di aziende più grandi, e quelle non le ha toccate», spiegai.

Guardando i numeri davanti a me, scossi lentamente la testa, emettendo un sospiro. «Immagino che abbia fatto questa scelta per non attirare l'attenzione delle aziende più grandi. Il che è una vera carognata, perché significa che sta prendendo di mira le attività che risentiranno di più di questa perdita sul loro bilancio».

Moira finì di versare il liquido di un rimedio erboristico in una boccetta decorativa di vetro blu, prima di guardarmi di nuovo. Strinse le labbra scuotendo leggermente la testa. «Non è per niente giusto. Ma che diavolo vuole ottenere?», chiese, poi schioccò leggermente le dita, lanciando un incantesimo sulla pozione per far sì che chiunque l'acquistasse pensasse che fosse davvero magica. Aveva fatto qualche prova e non stava avendo problemi con gli incantesimi quella mattina. Ancora una volta, sembrava che qualunque cosa stesse periodicamente causando problemi con la magia non fosse un problema costante.

«A parte i soldi, vuoi dire?», replicai.

Moira alzò gli occhi al cielo. «Sì, a parte i soldi. Perché da quello che mi dici, non è che stia facendo così tanti soldi. Solo un po' alla volta».

«Vero, ma è così che fanno i ladri migliori, o almeno così dicono gli articoli di giornale. C'era quella donna impiegata in uno studio immobiliare che ha sottratto quasi un milione di dollari in vent'anni. Solo un po' alla volta. Immagino pensasse di essere al sicuro».

Moira rise piano. «Non sto ridendo del fatto che l'abbia fatto», disse subito. «Solo di quanto la gente possa essere ridicola. Mi ricordo quella storia. Proprio come nel tuo caso, però, alla fine qualcuno si è accorto di quello che stava succedendo».

Sentii il bisogno di spiegare che il precedente contabile di Opal non stava affatto facendo un cattivo lavoro. «Se fosse iniziato dopo che io fossi stata lì per qualche anno, molto probabilmente sarebbe passato inosservato per un bel po' di tempo. Quando ti fidi di qualcuno, ti affidi al sistema che hai. Se trovano un modo per limare qua e là, potresti non andare a controllare. Stavo verificando tutto per avere un'idea del modo più efficace di gestire le cose. Non stavo facendo una revisione perché pensavo ci fosse un problema. Tornando al punto, comunque, è quello che potrebbe fare Viola: sperare di farla franca arraffando un po' alla volta. Non lo so davvero. Dovrò far sapere a

Daniel quello che ho scoperto da tutto questo», conclusi, indicando le carte sparse sul tavolo.

«Un sacco di gente si incazzerà», commentò Moira mentre chiudeva un'altra boccetta di pozione.

Rombò un tuono, abbastanza forte da sentirlo da fuori. Posai la matita e mi sporsi all'indietro per dare un'occhiata fuori dalla finestra dietro di me. Il pomeriggio soleggiato si era trasformato in un cielo grigio e minaccioso.

«Oh no, spero che non ci risiamo. Che cos'è questa storia del tempo?», riflettei ad alta voce. «Sono certamente più curiosa di questo che dei soldi, tu no?»

«Beh, sì. Ma cosa vuole? Ed è davvero Viola?»

Arricciai il naso e inarcai un sopracciglio mentre guardavo Moira. «L'hai vista chiaramente quanto me. Ha lanciato un incantesimo quel giorno nel seminterrato, e ha influenzato quello che stava succedendo fuori».

«Lo so, lo so», disse Moira con un sospiro.

Con la stessa rapidità con cui era iniziato, il tuono svanì. Un attimo dopo, il sole spuntò tra le nuvole, proiettando una luce obliqua sul tavolo.

«Verrai alla riunione cittadina?», chiese Moira.

«Quella sul progetto del parco eolico e sui danni?»

«Ce n'è un'altra di cui non ho sentito parlare?», chiese Moira in tono piatto.

Alzai gli occhi al cielo. «Suppongo di no. Certo che ci sarò. Pensavo che la città avesse già votato a favore del progetto, quindi non sono sicura di cosa tratti la riunione».

«La città ha votato tre anni fa. A quanto pare avevano stanziato dei sussidi, ma la costruzione non è iniziata fino a quest'anno. Vogliono tenere questa riunione per via dei danni causati dalla tempesta della settimana scorsa e per discutere degli adeguamenti al budget».

«Hmm», risposi, senza pensarci troppo. «Anche Donovan ha intenzione di andarci, perché quel terreno per il parco eolico confina con una parte della proprietà della sua famiglia.» Abbassai lo sguardo sulle società che avevo elencato dopo aver esaminato i documenti. «Stasera le farò vedere ai miei genitori. Visto che mio padre gestisce una delle principali società di investimento da queste parti, sono curiosa di sapere quali altre informazioni ha su queste aziende. Magari sanno qualcosa che a noi sfugge.»

«Tentar non nuoce», rispose Moira.

«Allora ci vediamo domani sera», dissi, alzandomi dallo sgabello su cui ero seduta.

«Ti offrirei un passaggio, ma immagino che andrai con Donovan», disse lei facendomi l'occhiolino.

———

Mio padre si appoggiò allo schienale della sedia, fermandosi per un sorso di whiskey. «È capitato a fagiolo che mi hai chiesto di dare un'occhiata a queste cose», esordì.

«Davvero?»

«Sì. Perché ho notato subito uno schema.»

Mia madre tornò a tavola con in mano una torta di mirtilli appena sfornata. La posò al centro del tavolo insieme a una vaschetta di gelato, prima di distribuire le ciotole.

«Mamma, potevo aiutarti», dissi, alzando lo sguardo verso di lei.

«Ho due mani, tesoro.»

Guardò subito mio padre. «Adesso arriva al punto. Non mi avevi detto niente di tutto questo.»

Mio padre sorrise con affetto, sporgendosi per darle un bacio sulla guancia. «Questo perché l'ho capito poco prima che iniziassimo a cenare.»

Mia madre alzò gli occhi al cielo. «Cerchi sempre di cavartela con il tuo fascino.»

Mio padre ridacchiò. «Beh, per farla breve, ogni singola famiglia che gestisce quelle piccole imprese ha fondi di investimento legati al parco eolico. Gli Alden hanno investito sia nella compagnia elettrica che nel parco eolico. Sto gradualmente riducendo i nostri investimenti nella compagnia elettrica e aumentandoli nel progetto eolico perché penso che sia un investimento più lungimirante.»

«Visti i problemi con i nostri sospetti su Viola, penso sia necessario che Jacob cerchi di percepire qualcosa riguardo alle tempeste», commentò mia madre. «Anche se la sua capacità di percepire gli incantesimi è stata in qualche modo alterata, gli ho chiesto di vedere se riesce a rintracciare qualcosa. Per ragioni che non conosciamo, gli Alden torneranno in città domani sera per l'assemblea cittadina.»

«Lo so», intervenni mentre iniziavo a tagliare la torta. «Ho saputo da Opal che hanno comprato una casa quassù.» Porsi una fetta di torta a mia madre.

«Grazie, cara», commentò lei. «Non so se comprare una casa qui significhi qualcosa. Charm Cove è una meta turistica.»

«Una meta turistica?» la prese in giro mio padre mentre gli passavo una fetta di torta.

«Tesoro, puoi prendermi in giro quanto vuoi. È un posto magico, senza doppi sensi. Spero che Jacob riesca almeno a percepire una traccia della magia di Viola. In questo modo, se ci fosse un'altra tempesta, potrebbe essere in grado di dire se è la sua magia a causarla», disse mia madre.

«Individuare la fonte di una tempesta non è un'impresa da poco», disse mio padre dopo averne preso un boccone.

Ci passammo il gelato. «Qualsiasi cosa stia combinando Viola, la questione dei soldi è facile da risolvere. Sono molto più preoccupata per i problemi di interferenza magica e per il tempo», commentò mia madre.

«Chi non lo è?», risposi con un sospiro.

CAPITOLO QUINDICI

«Non credo che mi perderò nemmeno una di queste riunioni,» commentò Donovan, prendendomi per mano mentre camminavamo sul marciapiede verso il municipio di Charm Cove.

Gli sorrisi. «Ti piacciono?»

«È tutto un dramma. Chi l'avrebbe mai detto che mi sarebbe piaciuto così tanto?» scherzò lui.

Lo spinsi col gomito. «Non prendere in giro. Sono cose importanti.»

«Oh, sto scherzando, ma sono assolutamente d'accordo. È davvero bello essere in un posto dove sento che la mia opinione conta davvero qualcosa per la città.»

Salimmo la scalinata di granito, spingendo le ampie porte per entrare nell'edificio. Delle voci ci raggiunsero dal vano scale. A giudicare dal rumore, la sala riunioni al piano di sopra doveva essere già quasi al completo.

«Hai avuto modo di andare a vedere il progetto del parco eolico?» chiesi mentre arrivavamo in cima alle scale ed entravamo nella grande sala riunioni.

Donovan lasciò la mia mano, facendomi scivolare il palmo lungo la schiena fino a posarlo sulla mia vita mentre attraversavamo la stanza affollata. Vidi Moira voltarsi e alzare una mano per salutarci quando ci vide, indicandoci due sedie libere accanto a lei e Liam.

«Sì,» disse lui a bassa voce. «I danni non sono terribili, ma un paio di pale eoliche necessitano di riparazioni. Sono curioso di sentire la discussione di stasera. È un'azienda privata.»

«Giusto, ma l'energia è regolamentata come un servizio di pubblica utilità,» risposi.

«Esatto, ecco perché le cose si complicano in situazioni come questa.»

Raggiungemmo la fila in cui Moira and Liam ci avevano tenuto due posti. Scivolai sulla sedia accanto a Moira e Donovan si sedette a capofila, di fianco a me. Dopo che il brusio iniziale della gente che si sistemava terminò, la riunione iniziò abbastanza in fretta.

Beatrice Powers, nel suo ruolo di presidentessa del consiglio comunale di Charm Cove, si mise davanti al tavolo che occupava tutta la lunghezza della sala riunioni e batté le mani. «Abbiamo molto di cui discutere stasera, quindi vorrei iniziare puntualmente, se possibile,» annunciò a gran voce.

Sebbene Beatrice avesse una presenza fisica minuta, esile come un giunco e piuttosto bassina, emanava un potere immenso. Dato che era una delle streghe più potenti di Charm Cove, supposi che fosse una buona cosa, o semplicemente qualcosa da aspettarsi.

Beatrice si rivolse ad Anna Goodness, che trascriveva tutte le riunioni cittadine, oltre ai suoi doveri di receptionist alla stazione di polizia di Charm Cove. «Siamo pronti per iniziare?»

«Certamente,» rispose Anna con un sorriso.

Aggirando il tavolo, Beatrice si sedette al centro e guardò il segretario del consiglio. Senza che Beatrice dovesse dire una parola, il segretario si alzò e passò in rassegna l'elenco degli argomenti da trattare quella sera. La riunione cominciò rapidamente.

Dopo aver risolto la disputa sulle dimensioni dell'insegna di uno dei caffè aperti solo d'estate e aver esaminato la richiesta di una modifica di destinazione d'uso in un'area ad uso misto, arrivammo all'argomento più scottante.

«Bene, ora apriamo la discussione sul parco eolico e sulle preoccupazioni portate all'attenzione del consiglio riguardo a come la città possa permettersi di coprire le riparazioni,» disse Beatrice.

Una mano scattò subito in aria e una donna di mezza età si alzò dalla sedia. La riconobbi come la proprietaria di una piccola locanda nel centro di Charm Cove. Beatrice fece un cenno nella sua direzione. «Sì, Emily?»

«Credo che molti di noi siano preoccupati del fatto che abbiamo approvato questo parco eolico e che la città sia un investitore importante, eppure non è ancora nemmeno entrato in funzione e già dobbiamo far fronte a riparazioni dovute al maltempo. Con quale frequenza accadrà e sarà la città a farsi carico dei costi di riparazione?»

Beatrice si rivolse a un uomo dai capelli argentati, seduto a capotavola. «Abbiamo invitato uno degli ingegneri del progetto per discutere di questo. Vuole chiarire la questione, John?»

«Certamente,» disse lui, inclinando leggermente la testa. «Il Consorzio Windy Bay è ben consapevole di queste preoccupazioni. Vorrei iniziare sottolineando che i problemi meteorologici sono un problema anche per qualsiasi altro tipo di centrale elettrica. I danni potenziali non si limitano al parco eolico. Detto questo, abbiamo già completato le riparazioni sulle pale eoliche danneggiate dalla tempesta della scorsa settimana, senza costi aggiuntivi. Avevamo già stanziato dei fondi per gli imprevisti. Siamo ancora nei tempi previsti per essere operativi entro altre otto settimane. Il nostro obiettivo è offrire energia sostenibile alla costa del Maine a prezzi più accessibili di quelli attualmente disponibili.»

All'ingegnere, molto cordiale, furono poste altre domande, a cui rispose con sicurezza, senza mai sembrare sbrigativo o condiscendente. Mentre l'argomento si stava esaurendo, un uomo che conoscevo solo vagamente alzò la mano. Era un uomo corpulento, con le guance rosse e rotonde e i capelli grigi che spuntavano in ciuffi dalla sommità della testa.

Quando Beatrice gli diede la parola, lui si alzò. «Semplicemente non capisco perché la città sia interessata a sostenere questa iniziativa quando ha già una fonte di energia perfettamente funzionante. Tutta questa storia del cambiamento climatico è solo una sciocchezza.»

Beatrice si prese l'incarico di rispondere a questa domanda. «Charm

Cove, come molte altre città in tutta l'America, sta affrontando i cambiamenti del nostro clima e il costo dell'elettricità. Stiamo cercando di trovare modi per fare scelte che siano più sostenibili a lungo termine. La nostra città continuerà a utilizzare energia da più fonti. Tuttavia, sostenere progetti energetici che causano meno danni all'ambiente è semplicemente una pianificazione intelligente.»

L'uomo borbottò qualcosa in risposta mentre mi sporgevo verso Moira. «Giuro che lo riconosco. E tu?»

Moira annuì. «Sì, ma non riesco a collocarlo».

Donovan commentò dall'altra mia spalla. «È lo stesso uomo che abbiamo visto con Viola al bar».

«Oh! È vero», risposi. «Hai poi avuto modo di chiedere di lui ai tuoi genitori?»

Donovan annuì. «Proprio ieri, ma sono stato così impegnato che mi sono dimenticato di parlartene. È l'uomo che pensavo. La sua proprietà confina con quella della mia famiglia sul lato più lontano, quello più vicino al parco eolico. Non abbiamo il confine in comune, ma la nostra proprietà si estende dietro a una parte dell'area in cui si trova il parco eolico».

«Vive qui adesso?», chiesi, mentre Moira si sporgeva da dietro di me per ascoltare.

Donovan si strinse nelle spalle. «Non ha mai vissuto qui stabilmente. Mio padre ha detto che veniva solo d'estate. Non è cambiato molto, questo è certo».

«Beatrice sembra sapere chi sia», mormorò Liam, sporgendosi anche lui per guardare oltre Moira e unirsi alla nostra conversazione.

«La maggior parte delle sue domande non erano già state trattate nelle precedenti riunioni cittadine?», riflettei.

«Quando la gente tira fuori sempre le stesse cose, è perché cerca di gettare benzina sul fuoco. Se è ancora proprietario di quel terreno, immagino che in qualche modo pensi di essere danneggiato dal parco eolico. Forse è preoccupato per il valore della proprietà, o qualcosa del genere», commentò Donovan.

La riunione andò avanti. Dopo che furono fatti alcuni altri commenti e poste alcune domande sul progetto del parco eolico, Beatrice chiuse la discussione. «Come tutti sanno, il consiglio ha precedentemente approvato il progetto a seguito di un referendum cittadino a favore dello stesso. I permessi sono già stati rilasciati e l'impianto dovrebbe entrare in produzione di energia nel prossimo futuro. Il consiglio ascolta e comprende le preoccupazioni dei residenti, ma siamo vincolati dal precedente referendum e dall'approvazione del progetto da parte del consiglio».

A quel punto, passò all'ultimo argomento della serata. «Abbiamo una proposta dal liceo di Charm Cove per dare inizio a una celebrazione del solstizio d'estate. È passato più di un secolo dall'ultima volta che la città ne ha organizzata una, ma un tempo era un evento semestrale. Pubblicheremo un avviso sul sito web della città per consentire alle persone di presentare proposte. Con il solstizio d'estate nel pieno della stagione turistica, sarà un ottimo modo per attirare più affari, oltre a offrire attività per bambini e famiglie».

Quando uscimmo, tra la folla si sentiva un mormorio di attesa. Se c'era una cosa che gli abitanti di Charm Cove amavano collettivamente, erano gli eventi cittadini. Aggiungerne un altro al calendario annuale sarebbe stata probabilmente una delle poche cose su cui la maggioranza dei residenti sarebbe stata d'accordo.

Mentre uscivamo, il vento soffiò così forte che la bandiera della città sventolava all'impazzata. Dall'altra parte della strada, dove era parcheggiata l'auto di Donovan, notai Viola. Si trovava per caso accanto all'uomo che era stato così scontroso durante la riunione cittadina riguardo al parco eolico.

«Beh», disse Moira, lanciandomi un'occhiata con un sopracciglio inarcato.

«Mi chiedo proprio di cosa si tratti. Come farebbe persino a conoscerlo?»

CAPITOLO SEDICI

«Oh, posso dirti esattamente come fa Viola a conoscerlo», disse mia madre, stringendo le labbra mentre si fermava per prendere un cucchiaino e mescolare il miele che aveva appena versato nel suo tè.

Fuori era ormai buio, il vento scuoteva le finestre e la pioggia cadeva fitta. Si trattava, per una volta, di un tipico temporale primaverile. Io e mia madre ci stavamo gustando un tè prima di andare a dormire.

«Beh, ti prego, raccontami», risposi.

«Gli Alden hanno comprato quella casa qui in paese durante l'inverno. L'inverno è il periodo migliore per acquistare. Non solo perché c'è meno gente che cerca e i prezzi sono più bassi, ma perché ci si fa un'idea migliore delle condizioni di una casa in inverno».

«E come?» Non avendo mai comprato una casa per conto mio, ero sinceramente curiosa.

«Se c'è un problema di isolamento, si vedono più ghiaccioli sul tetto e cose del genere. Un inverno rigido rende difficile mascherare i problemi. Arrivata l'estate, è più facile coprire le magagne. Ma non è questo il punto», disse mia madre, fermandosi per sorseggiare il suo tè.

«Continua», feci, roteando una mano in aria.

«Hanno comprato la casa da Harry Ouellette. È la proprietà adiacente ai frutteti dei Wick, quindi Donovan ha indovinato quando ha detto di conoscerlo da quando era bambino. Harry aveva abbastanza terreno da suddividerlo. Possiede alcune proprietà su un lato del parco eolico. Possiede anche un altro pezzo di terra dall'altra parte della città, dove si trova la vecchia centrale elettrica. È lecito pensare che possa avere motivi piuttosto personali per opporsi al progetto eolico».

«Perché non ha sollevato le sue preoccupazioni durante il referendum e la prima tornata di udienze?» chiesi, molto curiosa di saperlo.

«Non vive qui stabilmente. Nessuno della sua famiglia è legato alle streghe o agli stregoni della città. Ma negli anni Cinquanta, o giù di lì, i suoi genitori comprarono quella proprietà quando una vecchia compagnia di legname vendette un bel po' di terreni dopo un cambiamento nelle normative sul disboscamento. Credo che la sua famiglia sia in realtà della zona di Portland. Comunque, quando Donovan era più piccolo, lui viveva qui durante le estati, quindi è probabilmente in quel periodo che Donovan deve averlo visto. Quell'uomo non è cambiato quasi per niente. Sarà un po' più rotondetto e un po' più brizzolato, ma questo è tutto. Non riesco proprio a immaginare, però, cosa possa avere a che fare con il tempo».

Sunshine si mosse nel sonno sul pavimento, emettendo un lungo sospiro. Mia madre si chinò per accarezzarle la schiena, dove dormicchiava vicino ai nostri piedi.

«Mi sembra che niente abbia senso», dissi.

Mia madre sorrise dolcemente. «Tesoro, spesso la vita sembra non avere alcun senso. Non preoccuparti troppo. Di solito le cose si risolvono da sole. Jacob ha qualche idea su come gestire l'interferenza del tempo nel rintracciare gli incantesimi. Basandosi sulla storia della famiglia Alden, è del tutto possibile che siano loro».

«Anche se Jacob riuscisse a rintracciare gli incantesimi, cosa ci direbbe?»

«Tesoro, sii paziente. Non è successo niente di veramente terribile. Quel temporale ha danneggiato qualche pala eolica che è già stata riparata, e questo è tutto. Il problema più grande che abbiamo è il furto che hai scoperto nei conti di Beauty Bewitched. Se ne occuperà Daniel. Sarà decisamente imbarazzante quando i genitori di Viola scopriranno cosa ha combinato, ma è meglio per tutti che la verità venga a galla».

Quando la coda di Sunshine batté sul pavimento, mi chinai a controllare. Stava dormendo profondamente e scodinzolava nel sonno.

«Allora, tu e Donovan condividete questa dolce cucciola?» chiese mia madre.

Le mie guance si scaldarono mentre mi raddrizzavo e la guardavo da sopra il tavolo. «Suppongo di sì. Per ora, sono contenta che possa stare qui, perché lui ha così tanti progetti in corso a casa sua».

«Certo che può stare qui. Sto solo aspettando che voi due passiate al livello successivo», aggiunse mia madre con un sorriso sornione.

«Stiamo uscendo ufficialmente insieme, se è questo che intendi», dissi alzando gli occhi al cielo.

«Oh, passare qualche notte a settimana a casa sua è certamente ufficiale per voi coppie moderne, ma mi piacerebbe vedere un anello al tuo dito e i preparativi per il matrimonio», scherzò mia madre.

Risi piano scuotendo la testa. «Mamma, pensavo che tutto il trambusto per il matrimonio di Liam e Moira ti avesse saziata di preparativi nuziali».

«Non sarò sazia finché tutti i miei figli non saranno sistemati e felici. Poi, potremo preoccuparci dei nipoti», disse facendomi l'occhiolino.

CAPITOLO DICIASSETTE

«Non sono sicura di quale sia il modo migliore per affrontare la cosa», dissi, guardando Opal dall'altra parte del tavolo.

Ci stavamo vedendo per un caffè al Magic Beans prima che lei aprisse Beauty Bewitched e io mi dirigessi in ufficio per seppellirmi tra i numeri.

Opal sorseggiò il suo caffè prima di rispondere. «Trovo che la cosa migliore sia semplicemente essere diretti. Per quanto possa essere imbarazzante, data la nostra lunga relazione d'affari con gli Alden, abbiamo prove evidenti di ciò che ha fatto Viola. Con il supporto di Daniel, non avrà altra scelta che confessare».

Ero assolutamente a favore dell'essere diretti, ma non ero molto abituata a confrontarmi con le persone riguardo a un furto. Spezzai un pezzo del mio scone ai lamponi e me lo misi in bocca mentre annuivo. «Seguirò semplicemente il tuo esempio», risposi dopo aver finito di masticare.

«Vorrei che tu fossi presente perché sei quella che ha tutti i dettagli dei conti. Anche se capisco a grandi linee, sono la prima ad ammettere di non essere una contabile e non mi interessa addentrarmi nei dettagli più minuziosi. Mi hai mostrato quello che hai scoperto e me l'hai spiegato. Daniel mi ha aggiornata ieri pomeriggio, dicendomi di aver parlato con diverse altre aziende che, dopo la sua verifica, hanno confermato lo stesso problema. Abbiamo delle basi solide. Onestamente, non mi interessano nemmeno i soldi. Penso che Viola debba essere ritenuta responsabile, e la famiglia deve decidere cosa vuole fare riguardo alla sua gestione dell'attività». Opal scosse lentamente la testa. «Mi dispiace per loro. Quell'attività è della loro famiglia da decenni. Anche se Viola non l'ha ancora rovinata, sta prendendo decisioni che non valgono il rischio».

Come a comando, la porta del caffè si aprì e Viola entrò, con i genitori subito dietro di lei.

Lanciando un'occhiata a Opal mentre si mettevano in fila al bancone, chiesi: «Dobbiamo vederci con loro qui?».

«Oh cielo, no. Ci incontreremo nel tuo ufficio. A proposito, vado al negozio. C'è Lea che mi copre per qualche ora stamattina, ma voglio assicurarmi che sia tutto a posto per lei. Li saluterò e ti raggiungerò nel tuo ufficio tra un'ora. Va bene?»

«Dovrà andare. Non so se non vedo l'ora di fare questa riunione, ma sono certamente pronta».

Opal mi diede un bacio sulla guancia mentre si alzava dal tavolo. «A tra poco».

La guardai mentre usciva. Si fermò a salutare la famiglia Alden, stringendo familiarmente il gomito della madre e rivolgendo un sorriso amichevole al padre. Al contrario, il suo sguardo fu un po' gelido quando si posò su Viola. Ciononostante, mantenne un sorriso educato stampato sul viso.

Dopo aver finito il caffè, feci loro un piccolo cenno con la mano mentre uscivo. Una volta sul marciapiede, inspirai a fondo la fresca aria mattutina di primavera. I fiori stavano iniziando a sbocciare nei giardini a ogni angolo della piazza del paese. Sorrisi tra me e me, pensando che Donovan avrebbe presto lasciato Sunshine nel mio ufficio. Aveva preso l'abitudine di portarla a fare una lunga passeggiata sulla spiaggia ogni mattina.

La mia mente tornò al commento di mia madre della sera prima. Sebbene stessi iniziando a tenere molto a Donovan, in realtà mi piaceva l'idea di prendere le cose con calma. Non volevo affrettare le cose per il bene di ciò che gli altri volevano per noi. Pregai che mia madre non mi prendesse come suo prossimo piccolo progetto per un matrimonio. Pensavo che non potesse andare peggio dopo il matrimonio predestinato di Liam e Moira. Tuttavia, quello si era avverato, e loro erano felici e contenti.

Avrei dovuto aspettarmi che mia madre riponesse le sue speranze in me. Tuttavia, avevo altri fratelli su cui poteva concentrarsi. In silenzio, riflettei su come spostare la sua attenzione da me.

In pochi minuti, raggiunsi l'edificio degli uffici della mia famiglia. Mia madre era impegnata con la sua genealogia, ma aveva un ufficio qui per aiutare mio padre con varie questioni. Adorava organizzare. Ero solita prenderla in giro dicendole che in un'altra vita avrebbe dovuto fare la segretaria, cosa che la spingeva puntualmente a ricordarmi che la maggior parte degli uomini non sarebbe andata da nessuna parte senza il sostegno delle donne nella loro vita.

I nostri uffici si trovavano in un edificio di forma rettangolare. Un tempo era stata una pensione. Per questo motivo, aveva due lunghi portici su entrambi i livelli. Le vecchie stanze erano state tutte ristrutturate e trasformate in uffici. L'edificio era meticolosamente mantenuto con finiture di un bianco brillante e un rivestimento grigio. Entrando negli uffici, i miei passi riecheggiarono sul pavimento in legno massiccio mentre attraversavo l'ingresso e percorrevo il corridoio verso il mio ufficio.

«Buongiorno, Juliette», mi chiamò la voce di mio padre.

Feci qualche passo indietro e mi affacciai alla porta del suo ufficio. «Buongiorno, papà. Non mi aspettavo di vederti così presto».

«L'incontro che avevo con quell'agente immobiliare è stato annullato. È su ad Augusta per un'udienza politica sui cambiamenti di zonizzazione. Ho saputo da tua madre che gli Alden si incontreranno con te più tardi stamattina».

Appoggiandomi con la spalla allo stipite della porta, annuii. «Oh, sì. Opal è molto fiduciosa. Io sono un po' preoccupata, se non altro perché non abbiamo idea di come reagiranno».

Mio padre chinò il capo. «A proposito, ho notizie da Jacob di pochi minuti fa. Stamattina presto è stata segnalata una piccola tromba marina vicino a uno dei moli presso il faro di Beacon's Charm. Jacob è riuscito ad arrivare in tempo per tracciare un incantesimo. È certamente un membro della famiglia Alden. Questo lo sappiamo per certo.»

«Davvero? Come ci è riuscito?»

Mio padre sfoderò uno dei suoi rari sorrisi. «Jacob ha molti assi nella manica. A dire il vero, però, ha ricevuto un piccolo aiuto da Beatrice Powers. I suoi incantesimi di blocco possono quasi fungere da pausa per altri sortilegi. Ha abbastanza controllo da poter tenere un incantesimo sospeso per rallentarne la dissipazione. Quando Jacob è arrivato, lei ha bloccato la tromba marina abbastanza a lungo da dargli il tempo necessario per identificare le tracce del lancio stesso dell'incantesimo. Se non lo sapessi, la sua magia gli richiede di ignorare essenzialmente il resto dell'incantesimo per concentrarsi solo sulla fonte, il che è un po' complicato. Il lancio in sé non è il risultato finale, quindi deve proprio concentrarsi sulla fonte.»

«Non lo sapevo, ma d'altronde come avrei potuto? Non è il mio potere.»

Mio padre mi fece l'occhiolino. «C'è sempre qualcosa da imparare.»

«Non credo sia saggio affrontarli a questo proposito stamattina, che ne dici?» chiesi.

«Direi di no. Sarà già abbastanza esplosivo parlare dei problemi di contabilità.»

«Posso solo immaginare quanto terribilmente possa andare storta questa faccenda. Spero per il meglio» risposi, proprio mentre il telefono di mio padre squillava.

«A questo rispondo io. Buona fortuna» mi disse, sollevando la cornetta del telefono dalla sua base.

———

Ebbi giusto il tempo di finire la tazza di caffè che avevo portato con me e di rispondere ad alcune e-mail prima di stampare i dati contabili associati ai conti degli Alden. Daniel mi aveva inviato le informazioni delle altre attività. Non intendevamo parlarne, anche se lui aveva in programma di incontrarli più tardi nel corso della giornata per discutere di ciò che le altre aziende intendevano fare riguardo alla situazione.

Al suono di un leggero bussare alla porta, alzai lo sguardo e vidi Opal sulla soglia. Era in piena modalità lavorativa, con la sua solita tenuta: camicetta bianca e pantaloni neri. Portava un paio di occhiali blu navy e mi sorrise allegramente quando la guardai. «Sei pronta?» mi chiese, mentre le facevo cenno di entrare nel mio ufficio e mi alzavo per aggirare la scrivania.

«Pronta come non mai» risposi, sollevando la cartellina gialla in cui avevo organizzato tutti i documenti. «Pensavo di incontrarci proprio qui.» Indicai il tavolo rotondo nell'angolo del mio ufficio. Dando un'occhiata all'orologio sopra la porta, calcolai mentalmente che avevamo circa cinque minuti prima dell'arrivo previsto degli Alden.

«Pensi che abbiano qualche idea?» chiesi mentre ci sedevamo al tavolo.

Opal appese la borsa allo schienale della sedia prima di appoggiarsi indietro per accavallare le gambe e unire le mani sulle ginocchia. «È improbabile. Mi dispiace per loro. Sono persone molto gentili. Hanno gestito una buona attività e non sono mai stati interessati a espandersi. Una volta che Viola ha preso il comando l'anno scorso, si è concentrata sull'espansione. In fondo, non potevo fare a meno di chiedermi cosa ne pensassero loro.»

«Oh, prima che mi dimentichi. Mio padre mi ha detto stamattina, mentre venivo qui, che Jacob e Beatrice hanno avuto un po' di fortuna nel rintracciare un incantesimo legato a una tromba marina vicino a uno dei moli presso il faro. Ne hai sentito parlare?»

Opal inarcò le sopracciglia. «Ho ricevuto chiamate da Lea e da tua madre, ma sono stata troppo impegnata per richiamare. Cos'è successo?»

«A quanto pare, con l'aiuto di Beatrice per un blocco strategico dell'incantesimo, è riuscito a concentrarsi sul lancio e a risalire a un membro della famiglia Alden. Convenientemente, ci sono stati meno problemi con gli incantesimi ultimamente, quindi hanno potuto collaborare.»

Opal strinse le labbra e scosse lentamente la testa. «Beh, non è esattamente una sorpresa. Detto questo, speravo che ci fossimo sbagliate su Viola. Sarei dell'idea di affrontarli tutti e tre a questo proposito stamattina.»

«Non credo che dovremmo spingerci fin là per ora» dissi in fretta. «Una cosa alla volta. Sarà già abbastanza difficile affrontarli per la questione dei soldi. Non abbiamo ancora idea del movente.»

L'interfono del telefono sulla mia scrivania ronzò. Mi alzai rapidamente e premetti il pulsante del vivavoce. «Sì, Darlene?» chiesi. La nostra efficiente receptionist si occupava praticamente di tutto per noi. Mi sentivo fortunata ad avere il suo aiuto ogni singolo giorno.

«Gli Alden sono qui per il loro appuntamento» rispose lei.

«Grazie, Darlene. Può farli accomodare.»

«Ok, li mando da lei.»

Riattaccò e io mi diressi verso la porta, sbirciando nel corridoio. Un attimo dopo, sentii la voce di Darlene e la vidi farli entrare con un cenno, lanciandomi un rapido sorriso.

«È un vero piacere vedervi tutti» dissi, facendomi da parte mentre raggiungevano il mio ufficio. «Prego, entrate e accomodatevi.»

Opal si alzò dal tavolo. «Buongiorno, miei cari» disse. Baciò la signora Alden sulla guancia e strinse la mano al signor Alden. A Viola riservò un sorriso educato e un cenno del capo.

«Avanti, sedetevi pure» dissi. «Posso offrirvi un caffè o un tè?»

«Prendo un tè» disse la signora Alden.

Viola volle solo acqua e limone. Fortunatamente, Darlene ci aveva pensato e si era assicurata che avessimo del limone fresco a fette perché se lo era immaginato. Opal aveva presentato l'invito a questa riunione come un'occasione per esaminare i prodotti, discutere di eventuali cambiamenti imminenti e delle sue esigenze di ordinazione per Beauty Bewitched in vista dell'intensa stagione estiva.

Anche se avevamo discusso dei suoi piani, suppongo di non essere del tutto pronta alla rapidità con cui si tuffò nella questione spinosa. Una volta che tutti si furono seduti con le loro bevande, Opal ruppe il ghiaccio. «Sono contenta che possiamo incontrarci tutti insieme. Vorrei dire che sono consapevole che questa conversazione potrebbe diventare un po' spiacevole.»

La signora Alden inclinò la testa di lato, con un'aria leggermente preoccupata. «Opal, siamo in affari con la vostra famiglia da trent'anni, fin da quando i miei genitori avviarono l'attività di distribuzione. Non riesco nemmeno a immaginare cosa ci possa essere di imbarazzante da discutere. La consideriamo di famiglia. Siamo felicissimi di poter finalmente andare in pensione qui. Charm Cove è uno dei nostri posti preferiti e ora possiamo viverci.»

Opal chinò il capo, allungando una mano per stringere dolcemente quella della signora Alden. «È lo stesso per me, ed è in parte per questo che la situazione è imbarazzante. Andrò dritta al punto. Come sa,» cominciò, facendomi un cenno, «quest'anno Juliette ha preso in gestione la contabilità di tutte le attività collegate alla famiglia Good. Il nostro contabile di lunga data era più che pronto ad andare in pensione e noi siamo state felici che Juliette subentrasse.

«Come parte dei suoi compiti, si è presa il tempo di effettuare una revisione approfondita dei libri contabili degli ultimi due anni, per familiarizzare con il nostro modo di gestire le cose, e così via. Nel corso di tale revisione, ha notato alcune discrepanze nei numeri della vostra azienda. Le assicuro che abbiamo già fatto le nostre verifiche e possiamo confermare tutto. Ma è emerso che c'è stato...» Fece una pausa, scuotendo la testa, apparentemente incerta sulle parole da usare. «Beh, non c'è altro modo di dirlo. È un furto. E per la nostra attività comincia a essere una cifra importante. Visto il nostro rapporto di lunga data-»

La signora Alden si portò una mano al petto e ansimò rumorosamente. «Come osa? Noi non ruberemmo *mai*, e ripeto *mai*, un soldo dalla sua attività, né da quella di nessun altro, se è per questo.»

Il signor Alden sembrò leggermente meno sorpreso. Il suo sguardo si spostò su Viola, gli occhi socchiusi e velati da un'ombra di sospetto.

Quando la signora Alden si voltò verso il marito, lui disse: «Lascia finire Opal. Vorrei dire che sono sciccato, ma ho avuto le mie preoccupazioni.»

Le sue parole erano misurate ma ferme. Quando rischiai un'occhiata a Viola, due pomelli accesi le imporporavano le guance e i suoi occhi si erano assottigliati. Le labbra erano strette ancora più del solito, il che era tutto dire. Eppure, rimase in silenzio.

La signora Alden tornò a guardare Opal. «Va bene, allora. La prego, mi spieghi,» disse rigidamente.

«Ecco il succo della questione. Noi ordiniamo e paghiamo i nostri ordini, ma voi avete spedito la merce con una bolla di accompagnamento modificata che non riflette ciò per cui abbiamo effettivamente pagato. Data la fiducia che riponevamo in voi, il nostro precedente contabile non se n'è accorto. Questo schema è iniziato circa due anni fa.» Opal guardò in direzione di Viola. «Suppongo che sia opera sua. Prima che si dia delle arie e pensi di poterlo negare, siamo anche a conoscenza del fatto che lo ha fatto ad altre piccole imprese. Non mi aspetto che lo ammetta con me, ma presumo che abbia scelto di agire così perché pensava che le aziende più piccole avessero una contabilità meno sofisticata e che certe cose potessero passare inosservate. Che è esattamente il nostro caso. Ora Juliette ha informatizzato tutto. Abbiamo aspettato un po' prima di affrontarla, perché abbiamo anche denunciato la cosa alla polizia.»

Finalmente guardai di nuovo Viola. Le sue narici si dilatarono e la sua pelle divenne ancora più pallida, facendo risaltare le macchie rosse.

Gli occhi della signora Alden si sgranarono in modo quasi comico mentre si portava di nuovo una mano al petto. «Non posso credere che non abbiate provato a parlarcene prima!»

«Non volevo fare supposizioni. Ovviamente, mi fido di mia nipote e sapevo che stava dicendo la verità su ciò che aveva scoperto. Tuttavia, volevo vedere se si trattasse semplicemente di un qualche tipo di errore. Non lo è. Dobbiamo ancora decidere se sporgere denuncia o meno. Di certo non continueremo a fare affari con voi per la prossima stagione di acquisti.»

Compravamo da loro i prodotti di base per molte delle nostre lozioni e altri articoli. Sapevo che Beauty Bewitched era un cliente importante per loro, sebbene fossimo una piccola impresa. Potevamo anche essere a conduzione familiare, ma eravamo un cliente di tutto rispetto, considerando il volume delle nostre vendite.

«Continuo a non essere sicura di poterci credere,» sbottò la signora Alden.

Il signor Alden lanciò uno sguardo torvo alla figlia. «Me ne preoccupavo, quando hai deciso di espandere l'attività. Non siamo una grande azienda e devi trattare bene i nostri clienti di lunga data. Non avevo conferme, ma il mio istinto mi diceva che qualcosa non andava. Volevo fidarmi di te, e l'ho fatto. Chiaramente non sei all'altezza di questo lavoro.»

Viola si alzò, afferrò la borsetta e lanciò un'occhiataccia a tutti e quattro. «Questo non sta succedendo. Non trasformerete questa storia in qualcosa di più grande di quello che è. Non sono poi così tanti soldi,» disse, uscendo infuriata.

Mi alzai, seguendo rapidamente Viola lungo il corridoio. Si muoveva in fretta e riuscì a uscire dalla porta d'ingresso e ad arrivare sul lungo portico che si estendeva per tutta la lunghezza dell'edificio prima che la raggiungessi. Proprio in quel momento, la vidi lanciare un incantesimo, schioccando le dita verso il cielo.

CAPITOLO DICIOTTO

«Cosa sta facendo?» gridai.

Viola si voltò a guardarmi, sull'orlo delle lacrime. «Lei non sa in cosa si sta immischiando. Avrebbe dovuto lasciar perdere e basta.»

Una raffica di vento sferzò improvvisamente la via e in lontananza rimbombò un tuono, mentre nel cielo si formavano rapidamente delle nubi che oscuravano il soleggiato mattino di primavera.

«Viola,» la supplicai. «Sappiamo che sta lanciando anche questi incantesimi meteorologici. Cosa sta succedendo? Finirà per fare del male a qualcuno se continua così.»

La tempesta stava già prendendo forza rapidamente. Dal cielo cadevano gocce di pioggia grosse e pesanti e il vento ruggiva, così forte che a malapena riuscivo a sentire.

Viola gridò per sovrastare il vento. «Ormai non ha più importanza.» Detto questo, si girò e corse via dal portico.

Quando mi guardai alle spalle, Opal e i signori Alden avevano raggiunto l'ingresso. Guardavano fuori mentre un fulmine saettava nel cielo e un'altra folata di vento mi scompigliava i capelli.

Il signor Alden, che era rimasto così calmo durante la riunione sui problemi di denaro e sul tradimento di Viola, sembrava sbalordito. «È lei a causare tutti questi strani eventi meteorologici?» mormorò, quasi tra sé e sé.

Feci un passo indietro per rientrare, sbattendomi la porta alle spalle mentre fuori il vento ululava, facendo vibrare le finestre dell'edificio.

Mio padre rispose alla domanda del signor Alden mentre emergeva dal fondo del corridoio. «Eh sì, Frank, è proprio lei. L'abbiamo appena confermato stamattina. Come sono certo che Lei sappia, rintracciare gli incantesimi associati alle tempeste non è un'impresa facile, ma Jacob ci è riuscito.»

La signora Alden svenne all'istante. Darlene si affrettò a uscire da dietro la sua scrivania e si fermò accanto a lei, lanciando un rapido incantesimo. Con l'aiuto del signor Alden e di mio padre, sollevarono la signora Alden e la adagiarono su un piccolo divano nell'area d'attesa. Opal lanciò un incantesimo per farla rinvenire, ma sembrava ancora piuttosto sconvolta.

«Che diavolo sta succedendo, Frank?» disse lei, con una voce flebile e stridula.

Darlene si affrettò a portarle una tazza di tè alla menta piperita. «Beva, prenda un po' di questo. La menta Le schiarirà le idee. C'è anche un goccio di miele.»

Le mani della signora Alden tremavano, ma con l'aiuto di Darlene riuscì a tenere la tazza e a bere qualche sorso.

Il signor Alden si sedette sul divano accanto a sua moglie, mentre Darlene avvicinò una sedia. Io mi sedetti con Opal e mio padre su delle sedie disposte lungo la parete, proprio accanto al divano.

Quando la signora Alden fu un po' più calma, il signor Alden rispose finalmente alla sua domanda. «Cara, non so perché Viola stia facendo queste cose, ma c'è qualcosa che non va. L'ho percepito diversi mesi fa. Le abbiamo detto che non ci saremmo intromessi e che l'avremmo lasciata crescere nel ruolo di direttrice dell'azienda. Ho cercato di farlo e non ho controllato i conti, ma sapevo che qualcosa non quadrava.» Il signor Alden guardò Opal, mio padre e me. «Non avevo idea che Viola c'entrasse qualcosa con questi strani fenomeni meteorologici.»

Lo sguardo di mio padre era pensieroso mentre osservava fuori dalle finestre. Si poteva vedere il vento che sferzava la bandiera decorativa con un fiore davanti al negozio di fronte e sentire la pioggia che batteva contro i vetri, dura come sassolini.

Quando si voltò di nuovo verso di noi, chiese: «Quindi siete a conoscenza del fatto che Viola ha poteri meteorologici ed elettrici?»

La signora Alden sembrava ancora piuttosto angosciata, ma pareva gestirlo restando in silenzio e sorseggiando il suo tè alla menta. Darlene le stringeva una mano.

Il signor Alden rispose: «Beh, sappiamo che ha poteri meteorologici. Non possiamo dire di sapere che avesse anche poteri elettrici.»

Mio padre scosse la testa, quasi parlando a sé stesso. «Avrei dovuto specificare. Una parte del potere meteorologico include anche quello elettrico. Implica troppa energia per non averlo.»

Intervenne la signora Alden: «È vero. È una cosa che scorre in entrambe le nostre famiglie, ma è sporadico. Il potere meteorologico, intendo. E io che pensavo che queste tempeste fossero solo il cambiamento climatico.» Il suo momento di calma svanì rapidamente quando un forte tuono rimbombò e fece di nuovo vibrare le finestre. Una ruga le si formò tra le sopracciglia e guardò suo marito. «Perché Viola dovrebbe fare una cosa simile? Perché non mi hai detto che eri preoccupato che ci fosse qualcosa di strano?»

Il signor Alden le mise un braccio intorno alle spalle. «Perché non avevo altro che una sensazione. Non sapevo che avesse a che fare con i conti e che sarebbe finita a prendere di mira alcuni dei nostri partner commerciali più antichi. Sentivo solo che tramava qualcosa. Tutto qui.»

«Riuscite a pensare a un motivo per cui potrebbe aver bisogno di soldi extra? E perché vorrebbe fare questo con il tempo?» chiesi, indicando le finestre mentre la pioggia scendeva a fiotti lungo i vetri.

«Onestamente non lo so,» disse il signor Alden, scuotendo lentamente la testa. «So che il suo grande obiettivo era espandere la nostra attività. Diceva che secondo lei l'avevamo lasciata indietro perché non avevamo pensato abbastanza in grande. È sempre stata una ragazza ambiziosa, e per molti versi è una buona qualità.»

«Oh, assolutamente,» disse Opal. «Mi chiedo se non si sia messa in una situazione più grande di lei e avesse bisogno di soldi.»

«Ma niente di tutto ciò spiega la situazione del tempo,» intervenni. «Ci sono anche i problemi con l'interferenza degli incantesimi.»

Si sentì un altro tuono e un fulmine illuminò il cielo. Non sentii nemmeno i passi sul portico quando la porta si spalancò. Il vento la prese e la sbatté contro il muro.

Donovan entrò di corsa con Liam e Moira alle calcagna. Liam chiuse rapidamente la porta. Erano tutti e tre fradici, e l'acqua gocciolava sul pavimento.

Mia madre spuntò dal corridoio sul retro. «Vado a prendere degli asciugamani» gridò.

Mio padre si voltò, tranquillo come sempre. «Alice, quando sei arrivata?»

Lei indicò i capelli umidi. «Solo un minuto fa. Sono entrata dal retro e ho preso un asciugamano per asciugarmi» spiegò. Sparì per poi tornare subito dopo, con una pila di asciugamani in braccio.

Mentre Donovan, Liam e Moira si asciugavano, la signora Alden si mise a piangere.

«Proprio non capisco perché l'abbia fatto» disse, per la decima volta nell'ultimo minuto.

Darlene andò a prenderle una tisana alla menta piperita fresca. Non mi sfuggì che mia madre, al ritorno di Darlene, lanciò un incantesimo furtivo sulla bevanda. Immaginai che fosse qualcosa per calmare la signora Alden.

«Cosa vi porta qui?» chiese mia madre una volta che fummo di nuovo tutti seduti.

Donovan mi lanciò un'occhiata. «Sapevo che avevi quella riunione stamattina. Ero in città per prendere delle cose da Hardware Charm, quando la tempesta è scoppiata quasi all'improvviso. Temevo che Viola si fosse arrabbiata durante l'incontro. Mi hanno raggiunto proprio mentre attraversavo la strada dal mio parcheggio» spiegò, facendo un cenno verso Liam e Moira.

«Il Persnickety Potions & Gifts apre solo tra un'ora, così, quando è iniziata la tempesta, abbiamo pensato di venire qui a vedere cosa stesse succedendo» disse Moira.

Liam si strinse nelle spalle. «E io stavo solo venendo al lavoro.» Considerando che aveva un ufficio in questo stesso edificio, la cosa era, ovviamente, perfettamente logica.

«Sa dov'è andata Viola?» chiese Opal, guardando verso di me.

«Non ne ho idea. È scappata correndo verso Wicked Way. È tutto quello che ho visto.»

Le teste si voltarono verso i signori Alden, seduti sul divano. «È lì che avete parcheggiato?» chiese Opal.

«Non siamo venuti in macchina insieme. Viola è uscita stamattina presto. Ha detto che doveva fare delle commissioni» spiegò la signora Alden. «Credo però che abbia parcheggiato da quelle parti.»

Una lampadina mi si accese in testa. «Già che siamo qui a interrogarci sulle cose...» Mi fermai quando ci fu un altro tuono e un fulmine saettò proprio fuori dall'edificio. Il tuono rimbombò di nuovo forte, e io continuai: «Sa per caso come Viola conosce l'uomo che vi ha venduto la casa qui a Charm Cove?»

«Oh, intende Harry? Abbiamo appena comprato la casa da lui» disse lentamente la signora Alden.

«Sì» risposi.

«Beh, è così che lo conosce» disse, come se questo spiegasse tutto.

«Non è così che Viola l'ha conosciuto» aggiunse il signor Alden. «È stata lei a parlarci della casa, perché lo conosceva.»

Intervenne Donovan. «A proposito di lui, ho avuto modo di parlare con i miei genitori. È uno dei principali investitori nel parco eolico e suo figlio è uno dei firmatari principali del progetto. Stando ai miei genitori, hanno litigato anni fa.»

«Sembra che i suoi genitori ne sappiano parecchio» osservò Opal, inarcando un sopracciglio.

«Anche se ci siamo trasferiti via molto tempo fa, i miei nonni sono rimasti sempre qui. Mia nonna è morta non molto tempo fa. A quanto pare, c'è stato un periodo in cui il figlio di Harry affittava il vecchio cottage del custode sulla nostra proprietà perché non si parlava con suo padre.»

«Continuo a non vedere come questo ci aiuti a capire qualcosa» disse la signora Alden con tono seccato.

Considerando che sua figlia ci aveva derubati e sembrava essere la responsabile di tutte quelle spaventose tempeste, dovevo ammirare il suo atteggiamento.

Ci fu un altro tuono, proprio mentre la porta d'ingresso si aprì di colpo. Il vento la prese ancora una volta. La porta sbatté così forte contro il muro che un acquerello appeso si staccò e il vetro della cornice andò in frantumi sul pavimento.

«Oh, cielo» disse mia madre, alzandosi di scatto.

Mia madre e Darlene si affrettarono a ripulire i vetri mentre Gabriel e Cam, due dei fratelli di Moira, entravano dalla porta, entrambi gocciolanti d'acqua per la tempesta. Ci fu un'altra sessione di asciugamani mentre noi ripulivamo i vetri del quadro caduto.

«E voi siete qui perché...?» chiesi guardando Gabriel e Cam una volta che mi fui seduta di nuovo.

«Moira ci ha mandato un messaggio dicendo che era qui» disse Cam, sedendosi con un sospiro e prendendo una tazza di caffè che Darlene gli porse.

Arrivò un altro boato di tuono, e la stanza si illuminò a giorno per il fulmine che seguì. Mi alzai per andare alle finestre e sbirciai fuori. Non c'era traccia di tornado come durante l'ultima brutta tempesta, ma c'era una pioggia terribilmente rumorosa che sferzava i vetri. La vista fuori era solo una macchia indistinta a causa della pioggia che cadeva di traverso.

«Esiste un incantesimo che possiamo lanciare per fermare tutto questo?» chiesi voltandomi.

CAPITOLO DICIANNOVE

«Ci vorrà molta energia,» disse Gabriel Wicked Sr., il padre di Moira, scrutando il tavolo con il suo sguardo acuto.

Fuori la tempesta infuriava ancora, ma avevamo lasciato gli uffici del centro per spostarci tutti a casa dei miei genitori. A mia insaputa, mia madre aveva già organizzato una cena per quella sera, il che non era esattamente insolito. Aveva invitato diversi membri della famiglia Wicked, della famiglia Good, Beatrice Powers e Bets Baker, la madre di Zoe Levesque, insieme a Daniel e Zoe.

«Che ne dite se la arresto e basta?» si offrì Daniel premurosamente, dal fianco di Zoe.

Eravamo seduti nella sala da pranzo formale dei miei genitori, sebbene la cena di quella sera non avesse nulla di formale. Tuttavia, avevamo bisogno dello spazio. Il lungo tavolo della sala da pranzo offriva posti a sedere per un massimo di venti persone.

Mia madre aveva allestito un buffet sulla credenza e tutti si erano serviti per cena, mentre la tempesta sferzava la casa dall'esterno.

Zoe sistemò la piccola Betsey, che dormiva profondamente sulla sua spalla, e guardò suo marito alzando gli occhi al cielo. «Certo. Puoi arrestarla, ma non puoi annullare l'incantesimo.»

«Possiamo davvero farcela?» chiese Nathan con un certo scetticismo dall'altro capo del tavolo.

Edie, la sua ragazza, gli diede una gomitata. «Perfino io ho fiducia nella quantità di magia presente in questa stanza.»

Mi voltai verso di lei. «Di magia ce n'è in abbondanza, d'accordo, ma ci serve una magia specifica. Bloccante e di smorzamento. Io non ho questi poteri. E poi, sappiamo se quello che stava facendo Viola causava i problemi all'incantesimo?»

Gabriel Sr. fece un cenno col capo in direzione di Nathan e poi mi guardò. «Capisco la sua preoccupazione, ma i Good in questa stanza hanno un notevole potere bloccante, anche se non è uno dei suoi poteri personali. Beatrice è estremamente abile con i suoi poteri di blocco. Per quanto riguarda gli incantesimi meteorologici di Viola che influenzano periodicamente gli altri incantesimi qui, direi che ha dovuto usare i suoi poteri di interferenza per fermare le tempeste dopo averle iniziate. Potrebbe essere una sorta di effetto residuo dovuto alla quantità di energia che tali tempeste richiedono.»

Annuii lentamente e mi guardai intorno al tavolo, vedendo molti altri cenni di assenso. «Okay, be', immagino che abbia senso.»

Intervenne Beatrice. «Ho già chiamato Tom Lewis e due suoi amici stregoni. Ci aiuteranno a fermare questa tempesta.»

«Non dobbiamo trovare Viola?» chiesi, fermandomi un attimo per posare il mio bicchiere di vino.

Per una sorta di miracolo, la corrente non era saltata, sebbene il vento non fosse calato, neanche un po'. Proprio in quel momento, fuori risuonò un altro tuono. Un lampo illuminò il cielo sopra l'oceano. Dalle finestre dei miei genitori avevamo una vista chiara.

«Sarebbe d'aiuto trovarla, ma penso che possiamo rallentare abbastanza questa cosa da farla venire allo scoperto, ovunque sia. Vorrei solo sapere perché,» borbottò Moira.

«È sempre il perché della faccenda, no?» commentò Cam con una battuta.

«Questa tempesta può andare avanti senza che lei continui a lanciare l'incantesimo?» chiese Donovan.

«A meno che non entri in gioco un qualche fattore moltiplicatore, come è successo l'anno scorso con le margherite, è improbabile. Sta facendo qualcosa per mantenerla attiva,» commentò mia madre.

«Come abbiamo visto, ha un controllo piuttosto buono,» commentò Theo Good, accanto a Opal. «Ha iniziato e fermato ogni tempesta finora, quindi immagino che farà lo stesso con questa. Affrontarla sulla questione dei soldi sembra aver scatenato qualcosa.»

Rimbombò un altro tuono, e poi suonò il campanello della porta d'ingresso principale. Si sentì a malapena sopra il sibilo del vento.

«Chi mai potrebbe essere?» rifletté mia madre alzandosi da tavola e posando il tovagliolo. Uscì rapidamente dalla sala da pranzo e percorse il corridoio fino all'ingresso.

I passi di mia madre echeggiarono mentre percorreva il corridoio. Il vento fuori soffiava così forte che si sentì aumentare di intensità quando aprì la porta d'ingresso.

Un istante dopo, tornò con Viola al suo fianco. Viola aveva i capelli umidi e la pelle pallida. Sebbene avesse ancora la sua tipica espressione abbottonata, sembrava alquanto spaventata. Al loro arrivo sotto l'arco che conduceva alla sala da pranzo, il mormorio della conversazione si interruppe mentre tutti noi ci voltammo collettivamente a guardarle.

Mia madre guardò Viola, chinandosi e mormorando: «Vuole che spieghi io?»

Gli occhi di Viola vagarono per la stanza prima che lei annuisse.

«Molto bene, allora,» iniziò mia madre. «Viola è passata perché immaginava che saremmo stati qui e ha bisogno del nostro aiuto. Potremo approfondire il resto più tardi, ma a quanto ho capito, ha perso il controllo della tempesta che ha scatenato. Non ha abbastanza potere per fermarla. È andata prima dai suoi genitori, che le hanno suggerito di venire qui. La raggiungeranno qui?»

Viola, con un'aria opportunamente contrita, annuì. «Hanno detto che saranno qui a momenti.»

Opal si alzò dalla sedia, appoggiando leggermente le nocche sulla superficie del tavolo di mogano che si estendeva per tutta la lunghezza della stanza. «Siamo felici di aiutare. A questo punto, la tempesta è un problema di pubblica sicurezza,» disse in tono tagliente. Socchiuse gli occhi mentre scrutava Viola. «Forse potrebbe spiegarci esattamente cosa ha combinato.»

Viola teneva le mani giunte davanti a sé, e vidi le sue dita stringersi dove erano intrecciate. Le sue spalle si alzarono e si abbassarono quando fece un respiro profondo prima di rispondere: «È complicato. Possiamo rimandare le spiegazioni a dopo aver messo sotto controllo la tempesta?» La sua voce tremava.

In quel momento, un altro fulmine illuminò il cielo e si sentì il forte brontolio di un tuono. Prima che qualcuno potesse rispondere, il campanello suonò di nuovo.

Mi alzai di scatto. «Vado io.»

Corsi lungo il corridoio e spalancai la porta, trovando gli Alden ad aspettare.

«Avanti, entrate,» dissi, facendo loro cenno di passare. Richiusi la porta sbattendola proprio mentre una raffica di vento si abbatteva sulla casa.

«Stiamo discutendo tutti qui,» dissi mentre li conducevo lungo il corridoio.

«Avevamo detto a Viola che pensavamo di trovarvi qui. Ha bisogno di aiuto. Abbiamo cercato di aiutarla a fermarla, ma non ci riusciamo,» spiegò la signora Alden, con un'espressione accigliata a deturparle i lineamenti.

«Prima che arrivaste, stavamo già discutendo su cosa fare,» spiegai mentre raggiungevamo la sala da pranzo.

Viola era in piedi in un angolo, e la conversazione era ripresa mentre gli altri discutevano le opzioni per fermare la tempesta. Mia madre salutò gli Alden e si assicurò che si sedessero.

Nel frattempo, Opal girò intorno al tavolo, dirigendosi dritta verso Viola. «Aspetteremo la sua spiegazione, visto che è così complicata,» esordì con un'elegante alzata di sopracciglio. «Ma non si azzardi ad andarsene. Sta giocando con una magia pericolosa e lo sa. Ha messo tutti a rischio con tutte queste tempeste.»

Viola strinse le labbra e annuì. «Capisco.»

Mio padre prese la parola. «Abbiamo un piano. Beatrice, ha avuto notizie da Tom?» chiese, guardando verso Beatrice.

Beatrice tirò fuori il cellulare dalla tasca, abbassando lo sguardo sullo schermo. «Tom sta arrivando.»

«Possiamo fermare la tempesta da qui?» chiese la signora Alden.

Gabriel Sr. le lanciò un'occhiata. «Possiamo. Ci vorrà un bel po' di potere, ma ce la possiamo fare.»

«Perché pensate che sia sfuggita di mano?» chiese Viola, finalmente abbastanza coraggiosa da parlare.

Mia madre rispose: «Ho fatto delle ricerche sul potere meteorologico da quando è iniziato tutto questo. Un rischio potenziale è che ci si sta immischiando con le forze naturali. Proprio come il tempo normale, può sfuggire di mano da solo. Non sembra esserci un problema di moltiplicazione con l'incantesimo. Lei ha scelto di farlo in un periodo dell'anno in cui naturalmente iniziamo ad avere più piogge e tempeste. Dobbiamo eliminare il potere del suo incantesimo in modo che il tempo faccia il suo corso naturale.»

Viola si torturò le mani e annuì, senza aggiungere altri commenti.

Circa mezz'ora dopo, un gruppo di streghe e stregoni era riunito in un piccolo cerchio sul prato posteriore della casa dei miei genitori. Il vento sferzava e una pioggia fredda scendeva impetuosa dal cielo. Mio padre aveva dato istruzioni a quelli di noi che non avevano poteri di blocco di rimanere all'interno. Aveva anche chiesto che i gemelli rimanessero con la madre vicino a Viola, pronti a usare la loro abilità per contenerla se necessario. Nessuno era ancora pronto a fidarsi di lei.

Io stavo in piedi sulla veranda posteriore con la zanzariera, guardando e aspettando. A un cenno di Beatrice, che sembrava immune alla pioggia, tutti nel cerchio si presero per mano. In totale, c'era un gruppo di dieci persone: Beatrice, Tom e il suo amico stregone, mio padre, mio fratello Liam, Gabriel Sr. e Gabriel Jr., Cam, Nathan e Donovan. Sebbene i poteri fossero distribuiti abbastanza equamente tra streghe e stregoni, i poteri di blocco tendevano a essere più comuni tra gli stregoni. Così come i poteri di guarigione tendevano a essere più comuni tra le streghe.

Quando il gruppo sollevò le mani unite, vidi un barlume alzarsi nell'aria attraverso la pioggia, non proprio scintille ma quasi. Si sentì un forte boato e, al lampo che seguì, Cam e Gabriel Jr. lo catturarono. Quando lo portarono a terra, lo tennero tra loro in una sfera luminosa. La sfera esplose in scintille scintillanti quando la rilasciarono. Dopo alcuni istanti, il tuono si quietò e la pioggia rallentò.

Anche se la pioggia non smise, il vento, i tuoni e i fulmini cessarono. Quando il gruppo tornò in casa, tutti fradici, il tempo sembrava quello di una tipica tempesta di pioggia primaverile.

Avrei voluto costringere Viola a parlare subito, ma c'erano un sacco di streghe e stregoni bagnati e a disagio. Beatrice e i suoi anziani amici se ne andarono, con Beatrice che dichiarò che avrebbe ascoltato gli aggiornamenti più tardi. Mia madre decretò che Viola poteva spiegare tutto a un piccolo gruppo di noi.

Una volta seduti nel salottino più piccolo, Viola fece un respiro profondo, guardando i miei genitori. «Vorrei scusarmi per i problemi contabili che avete riscontrato. Non avrei dovuto rubare. Sono mortificata per quello che è successo, e immagino di aver pensato di poter controllare la situazione.»

«Avevo dimenticato di chiedertelo, Viola,» sbottò sua madre, «per favore, vai dritta al punto e spiegaci cosa diavolo ha dato inizio a tutto questo casino.»

Viola fece un altro respiro profondo. «Conoscete l'uomo che vi ha venduto la casa?»

Al cenno di assenso della madre, Viola continuò: «L'ho conosciuto perché sono uscita con suo figlio per un po'. Come sapete, hanno litigato anni fa. A mia insaputa, suo figlio ha conservato del materiale compromettente su di me. Molto privato, se capite cosa intendo.»

Opal fu diretta. «Stiamo parlando di foto osé o qualcosa del genere? Saremo anche vecchie, ma non siamo stupide.»

Le guance di Viola si tinsero di rosa e chiuse gli occhi. «D'accordo, sì. Comunque, dopo che ci siamo lasciati, le ha usate per ricattarmi e vendicarsi di suo padre. Lui possiede una grossa quota della vecchia compagnia elettrica, mentre suo padre ha investito molto nel parco eolico. Voleva distruggere suo padre finanziariamente. I soldi hanno iniziato a scarseggiare perché inizialmente l'ho pagato. Ma non era abbastanza, così ho iniziato a sottrarre fondi dai conti attraverso le fatture d'ordine modificate. Lui ha continuato a insistere. Pensavo che la mossa intelligente fosse distruggere io stessa il parco eolico. Il problema con il potere meteorologico, però, è che non ho molta esperienza. Non è il tipo di potere che si ha occasione di usare molto spesso.» Fece una pausa e chiuse gli occhi. Riaprendoli, si guardò intorno nella stanza. «Ecco, questa è la storia.»

Ci fu un attimo di silenzio prima che Cam se ne uscisse: «Ma state scherzando? Tutto questo casino è iniziato per del sexting?» Aveva una scintilla maliziosa negli occhi mentre si guardava intorno nella stanza.

«Sexting?!» esclamò la signora Alden.

«È così che viene chiamato l'invio di foto osé tramite messaggi», spiegò Cam, servizievole.

Viola strinse le labbra, mentre le guance le si tingevano di un rosso ancora più acceso. «Non cominciare, mamma».

«Beh, non sapevo nemmeno cosa fosse», borbottò sua madre.

Mi morsi il labbro per non scoppiare a ridere e sentii la mano di Donovan afferrare la mia, dalla sedia proprio accanto a me. Me la strinse e gli lanciai un'occhiata giusto in tempo per cogliere un suo occhiolino.

Quando tornai a guardare Viola, lei si prese la testa tra le mani. Rialzandola, scrutò la stanza. «Le cose ci sono semplicemente sfuggite di mano. Tutto qui. L'intera faccenda del parco eolico è il conflitto senza fine tra lui e suo padre. Ora che ho avuto modo di conoscerlo, capisco perché suo padre l'abbia cacciato. È un idiota egoista».

Opal inclinò la testa di lato. «Beh, allora. Si è certamente creata un sacco di problemi e ha messo in pericolo altre persone».

Moira aggiunse: «È una fortuna che siamo riusciti a controllare la tempesta. Spero solo che in futuro farà più attenzione con i suoi poteri».

Mio padre intervenne, aggiungendo: «Il potere del clima non è qualcosa da usare con leggerezza».

Viola sembrava sinceramente costernata dalla situazione. Lanciò un'occhiata verso Opal. «Non so cosa deciderà di fare riguardo ai soldi che Le ho rubato, ma capirò se sporgerà denuncia».

Prima che Opal potesse rispondere, lo fece il signor Alden. «Sua madre e io ne abbiamo già discusso. Le verrà tolta la gestione dell'attività finché non troveremo qualcun altro che se ne occupi. Anche se dovessimo chiedere un prestito per farlo, rimborseremo tutti coloro a cui ha rubato».

«Anche se la somma è notevole, non è terribile», mi intromisi.

«Verrò accusata?» chiese Viola, sollevando il mento con le spalle rigide.

Opal incrociò il mio sguardo prima di tornare a guardare Viola. «Parleremo con Daniel. Non so cosa deciderà di fare lui, o le altre attività. Manterremo il nostro conto, purché i suoi genitori tornino al timone».

Dopo che Viola e i suoi genitori se ne furono andati, Nathan si guardò intorno nella stanza. «Ecco una storia esemplare sui motivi per non fare sexting».

Edie gli diede una gomitata nel fianco. «Smettila».

EPILOGO

Una mattina presto, mentre passeggiavo sul marciapiede con in mano una tazza di caffè appena fatto del Magic Beans, mi fermai accanto agli orti comunitari. Erano un tripudio di colori, con fiori che sbocciavano sparsi tra i vari appezzamenti di verdura.

Al suono di passi che si avvicinavano rapidamente, mi voltai e vidi Beatrice attraversare la strada, staccandosi dal suo gruppo di camminata veloce. Si fermò accanto a me sul marciapiede.

«Buongiorno, Juliette», disse Beatrice, con il sole che scintillava sui suoi capelli argentati.

«Buongiorno, Beatrice. Non ho nemmeno avuto modo di ringraziarLa per il Suo aiuto di qualche settimana fa con quella tempesta.»

«Oh, cara, non sono necessari ringraziamenti. Assolutamente nessuno. Considero l'aiutare con qualsiasi problema magico parte del nostro codice, anche se non scritto, per streghe e stregoni. Se vogliamo usare i nostri poteri per fare del bene, dobbiamo essere disposti ad aiutare quando le cose sfuggono di mano.»

«Beh, non so se ce l'avremmo fatta senza il Suo aiuto e quello di Tom Lewis e del suo amico. Non credo nemmeno di aver visto il suo amico da diversi anni.»

«Tom l'ha fatto uscire di soppiatto dalla casa di riposo dove vive», disse Beatrice con un luccichio negli occhi. «È anziano, e lento da non credere, ma i suoi poteri sono acuti come sempre. Quella è una cosa che non svanisce mai.»

«Sa, non ho mai scoperto se Frances abbia smesso con i suoi incantesimi per cercare di uccidere gli altri orti», dissi, tornando a guardare l'orto comunitario.

Beatrice scosse leggermente la testa. «No, nient'altro. Dopo che ho affrontato lei e poi Bets, è venuta a scusarsi.»

«È bello vedere l'orto comunitario prosperare.»

«Certo. Volevo dirLe che ho avuto modo di vedere i lavori che Donovan sta facendo alla sua fattoria nel frutteto, ed è semplicemente meravigliosa. Ho un buon presentimento su voi due.»

Sebbene Beatrice fosse sempre aggiornata sui pettegolezzi, non offriva spesso un'opinione sulle vite amorose. Sentii le mie guance tingersi leggermente di rosa. «È un brav'uomo, e staremo a vedere come andranno le cose.»

Beatrice fece l'occhiolino. «Gli faccia sapere che mi piacerebbe passare a fare una piccola magia su quel frutteto. Con il suo permesso, posso aiutarlo a rimetterlo in sesto in men che non si dica.»

«Lo farò.»

Detto questo, mi strinse la spalla e si affrettò ad andarsene, attraversando la strada e raggiungendo il suo gruppo. Con un ultimo sguardo agli orti, mi voltai e proseguii verso il mio ufficio. Mentre giravo l'angolo per attraversare verso la piazza, sentii di nuovo il mio nome.

Questa volta, sentii un tuffo allo stomaco, perché riconobbi la voce di Donovan. Guardando avanti, vidi Sunshine che saltellava felice al guinzaglio, la coda che sbatteva contro le gambe di Donovan mentre correva sul marciapiede per raggiungermi.

«Ehi», dissi, chinandomi per accarezzare la testa di Sunshine. Quando alzai lo sguardo su Donovan, sentii un altro tuffo allo stomaco. Caspita. A quell'uomo bastava sorridere per scombussolarmi un po'.

Si chinò, sfiorando le mie labbra con le sue mentre Sunshine si divincolava tra di noi. «Pensavo di raggiungerti per vedere se avevi tempo per pranzare insieme oggi», disse raddrizzandosi.

«Ho sempre tempo per pranzo. Dove ci incontriamo?»

«Se tua madre può tenere Sunshine, pensavo che potremmo andare a piedi al Charm Café dal tuo ufficio.»

«Sai che mia madre adora prendersi cura di Sunshine», risposi. «Dimmi quando sarai lì. Oggi non ho riunioni, solo un sacco di fogli di calcolo e numeri.»

«Perfetto. Passerò verso mezzogiorno.»

«Oh, dovresti chiamare Beatrice», dissi poco prima che si voltasse per andarsene.

«Per cosa?»

«Vuole fare un po' di magia sui tuoi frutteti. Sono sicura che qualsiasi cosa faccia ti garantirà un raccolto eccezionale il prossimo autunno, se è quello che desideri.»

Donovan sfoderò un gran sorriso. «La chiamerò.»

Lo guardai allontanarsi, meditando sul commento di Beatrice. Se c'era una persona del cui istinto mi fidavo, era il suo. Chiunque fosse mio parente era troppo di parte. Beatrice non avrebbe esitato a dirmi se pensava che Donovan non fosse giusto per me.

Senza una nuvola in cielo, continuai la mia passeggiata verso l'ufficio, apprezzando la giornata limpida ancora più del solito. Dopo settimane di tempeste sporadiche e imprevedibilmente potenti, era bello avere una giornata limpida e serena.

Stando così le cose, Daniel aveva deciso di non sporgere denuncia contro Viola. Dato che gli Alden avevano accettato di rimborsare tutti coloro a cui lei aveva sottratto denaro, tutte le attività coinvolte avevano deciso che era più che sufficiente.

Nel frattempo, gli Alden mi avevano di fatto ingaggiata per fare una revisione dei loro conti degli ultimi cinque anni. Dovevano ancora decidere chi avrebbe assunto la gestione della loro attività. Il conflitto tra padre e figlio per la proprietà del parco eolico e per gli investimenti di quest'ultimo era ancora in corso, ma questa volta seguiva le vie legali più consuete. Facevano a turno a sporgere denunce l'uno contro l'altro.

Proprio mentre superavo l'ultimo gradino per salire sulla veranda degli uffici della mia famiglia, un bombo mi ronzò accanto, un ronzio forte e vicino. Feci un balzo all'indietro, esclamando e poi guardandolo volare verso una macchia di caprifoglio che cresceva lungo il confine della proprietà.

Grazie per aver letto *A Stormy Spell!*

Per altri misfatti, magia e scompiglio a Charm Cove, volta pagina per un'anteprima del prossimo libro della serie "Questa brava strega". Juliette Good ha molto altro da raccontare sulla vita da strega *brava*.

Se vuoi ricevere aggiornamenti sulle mie nuove uscite e altre notizie, iscriviti alla mia newsletter: subscribepage.io/J3tvfP

ESTRATTO: A STITCH OF MAGIC

JULIETTE GOOD

Quella mattina di inizio dicembre spuntò fredda e luminosa a Charm Cove, nel Maine. Bastò un'occhiata fuori dalle mie finestre per vedere il paesaggio coperto dalla neve soffice caduta la notte prima. In lontananza, il sole scintillava sull'Oceano Atlantico. Il cielo era azzurro e limpido; la bufera di neve passata durante la notte era svanita con il sorgere del sole.

Finito il caffè, sciacquai la tazza e la misi in lavastoviglie. Mentre mi dirigevo verso la porta d'ingresso, la mia cagnolina Sunshine si alzò dal punto in cui sonnecchiava sul pavimento, in una macchia di sole che filtrava dalle finestre. Le sue unghie ticchettarono sul parquet mentre mi si avvicinava, e tutto il suo corpo si agitava insieme alla coda.

«Ehi, piccola,» le dissi, passandole una mano sulla testa prima di prendere la giacca dall'attaccapanni vicino alla porta.

Pochi minuti dopo, spazzolai la neve dall'auto mentre il motore si scaldava. Poi, dopo una veloce pausa-pipì per Sunshine, la lasciai saltare sul sedile del passeggero. Sunshine veniva al lavoro con me ogni giorno ed era la star dell'edificio dove si trovava l'ufficio della mia famiglia.

Mentre guidavo verso la città, l'intero paesaggio era spolverato di neve che scintillava sotto il sole splendente. Quando svoltai in Charming Way, la strada che portava al centro di Charm Cove, sorrisi. La città si stava preparando per le feste: ghirlande appese alle vetrine dei negozi e alle case, e una squadra del comune che montava le luminarie natalizie sui lampioni e intorno alla piazza.

Parcheggiai dall'altra parte della strada rispetto al Magic Beans, la mia caffetteria preferita, e lasciai l'auto accesa con il riscaldamento per tenere Sunshine al caldo. Stavo aspettando sul marciapiede accanto alla piazza per attraversare la strada e prendere il mio caffè da asporto, ma proprio mentre scendevo dal cordolo un urlo lacerante squarciò l'aria frizzante dell'inverno.

Mi voltai di scatto, cercando con lo sguardo la fonte del suono. Vidi una donna in un angolo della piazza con una mano sulla bocca, che fissava qualcosa in basso. Corsi verso di lei nello stesso istante in cui uno degli operai della squadra che montava le luminarie la raggiunse dal lato opposto. Una sgradevole sensazione di terrore mi si attorcigliò nello stomaco quando abbassai lo sguardo sul corpo di un uomo nella neve.

L'uomo era riverso a pancia in giù e il sangue macchiava la neve candida sotto di lui. Proprio mentre l'operaio si chinava come per girare il corpo, dissi: «Non lo faccia. Dobbiamo chiamare la polizia».

Poi l'uomo nella neve si mosse e tutti facemmo un salto. Si girò lentamente. Un'ondata di sollievo mi attraversò. Era anziano, con la pelle pallida e sottile come carta. Non lo riconobbi finché i suoi occhi castani non si aprirono sbattendo le palpebre. Tom Lewis guardò noi tre che lo fissavamo dall'alto.

«Vorrei comunque che chiamaste la polizia, ma non è un omicidio,» disse con voce roca.

Aveva la spalla insanguinata, e chiamai in fretta la polizia. Dopo che la centrale mi assicurò che stavano arrivando, mi inginocchiai accanto a Tom sulla neve. La donna che l'aveva scoperto per prima gli aveva già messo il cappotto sotto la testa per sostenerlo. L'uomo della squadra delle luminarie corse a prendere un kit di primo soccorso dal loro furgone.

«Cosa Le è successo?» chiesi mentre ispezionavo con attenzione la spalla di Tom.

«Isobel Martin mi ha aggredito con un ferro da calza,» spiegò Tom. «Un male cane.»

«Un ferro da calza?» chiese la donna che l'aveva trovato, nello stesso momento in cui io chiedevo: «Isobel?».

«So riconoscere un ferro da calza, ed è con quello che mi ha pugnalato,» disse Tom, indicando la spalla. I suoi occhi si spostarono sui miei. «Sì, Isobel.»

Per uno che era stato aggredito con un ferro da calza, era piuttosto lucido. L'ambulanza arrivò subito, seguita a ruota dalla polizia. Nel pomeriggio, voci e speculazioni dilagavano per Charm Cove. Una pugnalata con un ferro da calza stava inaugurando le festività natalizie.

Copyright © 2025 Lucy May; Tutti i diritti riservati.

1-Click: A Stitch of Magic

Se vuoi ricevere aggiornamenti sulle mie nuove uscite e altre notizie, iscriviti alla mia newsletter: subscribepage.io/J3tvfP

I MIEI LIBRI

Grazie per aver letto questa storia! Spero che la magia ti sia piaciuta. Se è così, ecco alcuni modi per aiutare altri lettori a trovare i miei libri.

1) Scrivi una recensione!

2) Iscriviti alla mia newsletter, così potrai ricevere informazioni sulle nuove uscite: subscribepage.io/J3tvfP

3) Metti mi piace alla mia pagina Facebook: https://www.facebook.com/lucymayauthor/

———

Serie Wicked Good Mystery

Destiny's A Witch

Hex Me Not

Spells & Silver Bells

The Great Maple Caper

Oopsy Daisy

Siren Song Gone Wrong

Pumpkin Patch Murder

Serie This Good Witch Mystery

Wish Upon A Witch
A Stormy Spell
A Stitch of Magic
Bee Charmed
Lemon Tea Cozy Mysteries
Witch You Wouldn't Believe
A Spell to Tell
Witch is When it Gets Crazy

L'AUTRICE

Lucy May ama il caffè, i cani, la cucina e la scrittura. È una ragazza del Sud trapiantata nel Maine. Ha imparato ad amare le quattro stagioni, ma ha ancora nostalgia delle sonnolente estati del Sud. Le piace pensare che in un'altra vita potrebbe essere stata una strega e crede ancora nella magia. Passa il tempo a tessere storie paranormali divertenti, irriverenti e sexy.

www.ingramcontent.com/pod-product-compliance
Lightning Source LLC
Chambersburg PA
CBHW071155300726

48975CB00004B/1160